ハヤカワ文庫 SF
〈SF2233〉

宇宙英雄ローダン・シリーズ〈595〉

さらばマスクの男

マリアンネ・シドウ&クルト・マール

星谷 馨訳

早川書房
8357

PERRY RHODAN
ALASKA SAEDELAERE
DIE STÄHLERNE SPINNE
by
Marianne Sydow
Kurt Mahr

Translated by
Kaori Hoshiya
First published 2019 in Japan by
HAYAKAWA PUBLISHING, INC.
This book is published in Japan by
arrangement with
PABEL-MOEWIG VERLAG KG
through JAPAN UNI AGENCY, INC., TOKYO.

目次

さらばマスクの男

さらばマスクの男

マリアンネ・シドウ

登場人物

アラスカ・シェーデレーア……………………転送障害者
カルフェシュ……………………………………ソルゴル人
ユガフ……………………………………………プレギク＝トロフェの老人
キトマ……………………………………………謎の少女

1

「ついに到達したようだ」カルフェシュが小声でいった。「見ろ、アラスカ……あれがローランドレにちがいない！」

「そうかもな」アラスカ・シェーデレーアがつぶやく。

「せめて自分の目で見てみてはどうだね」ソルゴル人は軽い叱責口調で、「無限アルマダ最大の秘密が目の前にあるのだぞ。一瞥《いちべつ》する価値もないのか？」

テラナーは起きあがり、あふれる光のなかに浮かびあがりはじめた壁をしばし見つめる。まだ距離があるため、ローランドレの詳細はよくわからない。ただひとつ確実にいえるのは、とてつもなく巨大だということだ。

「これで満足か？」アラスカは不機嫌にいった。

「いや」と、カルフェシュ。「この眺めを見れば、すこしは気がまぎれるかと思ったんだが。友よ、きみを助けたいのに、どうすればいいのかわからない」

アラスカは妙な気分になった。体内でなにかがゆがみ、ねじれているような感じだ。からだじゅうの毛穴から汗が噴きでてくる。

「助けられるもんか」と、乱暴にいいはなった。「きみがこのくそったれカピン断片と意思疎通できて、もうやめろといってくれるなら話はべつだが」

「無理だ。きみの顔にあった組織塊をとりのぞくことさえ、わたしにはできなかった。なのに、どうやって意思疎通できると？」

「もういい。ただの……冗談さ！」アラスカは口ごもった。

カルフェシュはそれで終わりにすることなく、考えこみながらつづける。

「とはいえ、あらゆる状況から見て、カピン断片が外に出たがっていることはたしかだ。ただ、出口がわからないのだろう。ひょっとしたら手段が見つかるかもしれない。そうなれば……脱出したカピンの運命がどうなるかわからないという道徳的問題はさておき……いずれにせよ、きみは解放される」

「なんと元気の出る話だ！」

その皮肉な調子にカルフェシュは驚いたが、アラスカはそれ以上なにも説明する気はないらしく、

「すこし横になってくる」と、いって、立ちあがった。「もう、きみひとりでなんとか

やれるだろう」

カルフェシュは友のうしろ姿を見送ると、制御装置に向きなおった。実際、いまはほとんどすることがない。アルマダ蛮族の包囲網からはすでに遠ざかったし、ローランドレは見落としようもないほど巨大だから。

＊

アラスカはちいさな自室キャビンで鏡の前に立ち、おのれの姿にじっくり見入った。かれがもとの顔を失ったのは六百年ほど前のこと……不運な転送機事故により、組織塊すなわちカピンの断片が顔に貼りついてしまったのだ。それ以来、ずっとマスクをつけざるをえなかった。この断片を目にしたとたん、ほとんどすべての知性体は正気を失ってしまうから。

アラスカ自身は組織塊を見てもなんともない。だから、よく自分の顔を観察した。人けのない場所に行ってはマスクをとり、顔をおおう奇妙な物質を見つめたもの。これを毛嫌いし、なんとか除去しようと、考えられるかぎりのあらゆる対策をこころみた。この危険な組織塊さえなければ、他者をよせつけないマスクをつけずにすむ。自分にとって価値ある目標はマスクのない人生をめざすことだと、すこし前まで思っていた。カピン断片がなくなったらマイナスの結果が生じるかもしれないとは、なぜか考えたこともなかった。

とはいえ、理屈で考えれば、もとの顔に変化が生じるのはあたりまえだ。有機生命体のからだの一部がこれほど長いあいだ異物質におおわれていて、まったくそのままでいられるわけがない。

組織塊の下からあらわれた顔は、とてもすてきとはいえないものだった。人はかれを青瓢簞《あおびょうたん》と呼び、変わったのは顔だけなのに、死人のようだと噂した。いまは結局、また意地になってマスクをつけている。こんどは前とちがい、ひとりになってもけっしてとろうとしなかった。おそらくそのせいで、かつての転送障害者を見ると人々はぎょっとし、遠ざかろうとするのだろう。

おずおずと右手をあげ、顔をなでてみた。なにも感じない。蠟を引いたように白い肌は、感触も蠟のごとくつるつるで、不自然ななめらかさだ。低く細長い鼻は糊で貼りつけたようだし、血の気《ちけ》の失せた唇は活発な口の動きをあらわす器官でなく、たんなる突起に見える。非人類よりも人間ばなれしたそんな顔のなかでただひとつ精彩をはなつのが、生き生きした褐色の目だ。活力あるその目を見ると、蠟のような顔がますます不自然に感じられる。

長年、カピン断片を厄介ばらいしようとしてきて、一度も成功しなかった。いまはとりあえず顔から脱落し、マスク装着の必要はなくなっている。とはいえ、それでめでたしとはいかなかった。アラスカは近くを手探りし、マスクをつかんだ……つねに装着しているか、はずしてもすぐに手のとどく場所に置いてあるのだ。安っぽいプラスティック製のこの道具を慣れた手つきで顔につけると、すこしのあいだ緊張がほぐれる気がした。

「どうして自分のいるべき場所へ帰らないのだ？」と、カピン断片に問いかける。もちろん、相手に聞こえたり理解できたりするはずはないだろう。「そうするのが、われわれふたりにとって最善の道なのに」

次の瞬間、寒気《さむけ》で歯がかたかた鳴った。心臓がものすごい熱を受けて収縮したようになり、額に冷や汗が流れる。後頭部ががらんどうになった感じだ。アラスカは本能的に立ちあがった。耳のなかで血流の音がし、心臓が早鐘を打つ。思わず手を胸に当て、無理にでもゆっくり深呼吸するようにした。

すぐによくなる、と、自分にいいきかせる。数秒もすればおさまるから！

しかし、今回は長く感じられた。あるいは、数秒がなかば永遠になったのだろうか。このうえなくみじめな気分だ。

いまいましいカピンめ、わたしを殺す気か？　もしかしたら意識みたいなものや、まさか知性まで持っていて、殺害計画を実行するつもりなのか？

細胞活性装置に手を置き、自問する。なぜ、これがカピン断片に対して無力なのか。

やがてその疑問を忘れ、また鏡の前に立った。ちゃちなプラスティック製マスクをじっと見るうち、はじまったときと同様にいきなり発作がおさまった。

マスクか！

この安物をつけているのは、カピン断片がほかの素材をいっさい受けつけないからだ。あの奇妙な衝突事故以降、容貌の変わってしまった顔をかくそうと、べつの手段もあれこれためしたのだが、生体マスクは組織塊がはねつけた。だが、いまはそうした障壁がない……すくなくとも顔には。だったら、新しいマスクをつくってもらえばいいではないか。ふつうの人間に見えるようなマスクを。そうすれば、あらたな人生をはじめられる……

「あらたな人生ってどんなものだ？」かれは鏡の自分に向かって問う。「わたしはいったい、なにものなのか？　以前はなにものだったのか？」

フロストルービン通過後にカピン断片が顔から消えたとわかったときから、どうやってこの状況に対処すべきか、ずっと頭を悩ませてきた。いまだに答えは出ていない。

左手がむずむずした。見ると、皮膚が透けて向こう側が見える。手を目の前にかかげると、それを通して鏡が見えた。指を動かすことはできるし、こぶしを握れば指先の圧力も感じられる。左手はたしかに存在するのだ。しばらくすると、もとどおり透明でなくなった。

アラスカ・シェーデレーアはその場に立ちつくし、おのれの内に耳をすませた。カピン断片が不気味なやり方で体内を動きまわっている……牢屋の壁にむなしく体当たりする囚人のように。顔にくっついていた六百年のあいだは、すくなくとも、こんなやり方で動いたことなどなかったのだが。

それがなぜいまになって、これほど変化したのか？

＊

ローランドレというのは想像を絶する規模にちがいない。アラスカがカルフェシュのところにもどったときもまだ、光の洪水のなかにかたちのはっきりしない壁が見えているだけだった。ちっぽけな搭載艇はのろのろと、文字どおり這うように近づいていく。見つかったらおしまいだから、慎重に進まなければ。ほかの偵察隊の動静はわからなかった。銀河系船団とクラン艦隊がどうなったかも不明だ。すでにアルマダ蛮族の艦隊と一戦まじえているかもしれない……だが、自分たちがそれを知らされることはまずない。ハイパー通信機はとうに機能停止しているから。カルフェシュとアラスカは孤立状態だった。コスモクラートのかつての使者と、おのれの現在も未来もわからないテラナーと、ふたりきり。

「まったくすてきなコンビだよな」と、アラスカ。

カルフェシュが振り返り、おだやかにいった。

「なぜそんな皮肉ないい方をする、友よ？　任務が成功して、いままでよろこんでいたのだから、これからもそうすればいい。それとも、きみの意見はちがうのかね？」

こんどは左太股《ふともも》がむずむずする。アラスカは制御装置からはなれて大儀そうにすわりこみ、不快感を無視しようとつとめながら、

「きみはなにものなんだろう？」と、唐突に訊いた。

「プロジェクションだ」カルフェシュのおちついた声。

「だれの？」

「かつて存在した者の。あるいは、いつか登場する者の」

「もうすこし正確にいえないのか？」

「無理だ。自分がかつて存在したことはわかるが、いつか未来に登場するかもしれないと、どうやってわかる？　ただそれでも、われわれのどちらもまだ知らない出来ごとにもとづいて、いまの自分が存在することは否定できない。これはわたしのみならず、きみにも当てはまる話だろう」

「わたしには当てはまらないさ。ただの人間だから……いまのところ、不完全な人間だが」

「なぜそれほど自分を卑下する？」

「ああ、やめてくれ！」カルフェシュの声にヒュプノの影響をはっきり感じ、アラスカはうめいた。

「なぜだね？　ふたりのあいだで話したことは、われわれが望むかぎり、ここだけの秘密だ。われわれはよく似ているのだよ、わが友。わたしなら、きっときみを助けることができる」

「できるもんか！」

「できるとも」

「だったら、カピン断片をわたしの顔にもどせるか？」

「すこし前まで、顔からとりのぞいてほしいとたのんでいたはずだが」ついにカルフェシュがいう。「わたしはそうするようこころみた……しかし、成功しなくてよかったと思っている。カピン断片の除去をなにより望んでいたきみが、いまはまったく幸福そうに見えないから。かといってフロストルービンを憎んでも意味はないが、そうしたければするがいい。きみの憎しみをトリイクル9が認識することはないだろう。さて、なぜ考えを変えたのかね？」

「あの事故の前まで……わたしはごくふつうの若者だった」アラスカは考えをめぐらせつつ答えた。「事故のあと、最初は悪夢だった。自分が怪物になってしまったように感じて、とにかくカピン断片をとりのぞこうとした。もとの自分にもどりたかった。だが、それはかなわず、わたしは転送障害者とかマスクの男とか呼ばれるようになる。その状態が六百年ばかりつづいた。カピンがくっついたことによって、ある種の特殊技能や洞察力を得たし、そのおかげでほかの者にはできないこともできるようになった。わたしがそんなだから、人々は一目おいてくれた。自分は長いあいだずっと、それ以上のことを望んでいなかったのだと思う。いまになって、それがはっきりわかった」

「わたしがすぐに組織塊をとりのぞけなかったとき、きみはとてもがっかりしていた」

と、カルフェシュ。

「本当にがっかりしたのかどうか、いまとなってはわからない。六百年というのは長い年月だ。さまざまな方法をためしたし、カピン断片を除去して破棄できると思いこんでいた……だが、一度も成功しなかった。なにをやっても組織塊はびくともしない。だからこそ、また新しいことをこころみるのが刺激的だった。いわば、わくわくどきどきのゲームみたいなものだ。わかるか？」

「いや。さっぱりわからん」カルフェシュがまじめな顔でいう。

「きみがわかるような例をあげてみようか。昔のことだが、隣人がキンカジューという動物のつがいを飼っていた。アライグマの一種で、非常に好奇心が強く、檻《おり》破りの名人だ。檻に入れていても、週に一度はかならず壊されて脱走された。そのたびに隣人の家はめちゃくちゃになり、近所にも被害がおよぶ。わたしのところも例外ではなかった。

ある日、わたしはかれにたずねたよ。いいかげん、ペットをもっと頑丈な檻に入れる気はないのか、とね。相手はなんといったと思う？　そんなことをしたら、キンカジューも自分も退屈のあまり死んでしまうとさ。つまり、かれらにとって檻破りは一種のゲームだったわけだ」

「動物が本当に逃げてしまったら、どうなるのだ？」

「ああ、やろうと思えばできたはずだが、実際には逃げなかった。キンカジューは飼い主のことが好きだったし、世話を必要としていたからね。ただ捕まるのを待っていたんだ……それもゲームの一部だよ。逃げられるのに、それでも飼い主のもとにとどまる。むろん隣人も、ペットがいつも帰ってくると信じこんでいたわけじゃないだろうが、だからこそ、つねに逃げられるようにしていた」

「やはり、さっぱりわからん！」

「かんたんなことさ……人間の立場で考えれば。脱走できない檻にペットを入れることは可能だが、そうしたら、自分のもとにとどまる気があるのかどうかわからない。飼い主のもとにもどってくることで、ペットの気持ちを確認できる」

「つまり、こういいたいのか？　きみがカピン断片を除去しようとしたのは、それが失敗することを確認するだけのためだったと？」

「たぶん、そうだ。最初はもちろん本気で除去したかったが、しだいに……自分でもよくわからない。じっくり考えたことがなかったから。だが、自分をマスクの男以外の存在だと感じたことは一度もなかった。ずいぶん長いあいだ、カピンとおさらばしてふつうの人間になることだけを夢みてきたのに。そういう段階からあまりに遠くはなれてしまったのだな。正直いうと、かつて自分がどんな姿だったかも思いだせない。もう昔の自分にはもどれないし、いまのこの状態はあまりに異様で、どうしていいかわからないんだよ」

「きみがかつて経験した変化は非常に劇的なものだった」カルフェシュが指摘する。

「それにくらべたら、いまの状態に慣れるほうがずっと容易なはず」

「理屈はそのとおりだろう。だが、現実はちがうようなのだ」アラスカは淡々と応じた。

「マスクの男と呼ばれていたとき、わたしには完璧な個性があった。カピン断片を失ったいまは、なにものでもない」

「青瓢簞と呼ばれているではないか」

「それがなんになる？　青瓢簞とはだれだ？　どんな能力や知識を持っているんだ？」

「きみはいつだってアラスカ・シェーデレーアだ」

「ただの名前じゃないか、カルフェシュ。それに、カピン断片を失ってからあと、わたしを名前で呼ぶ者はほとんどいない。こちらに話しかけるときは名前を使うが、それは礼儀上で、心のなかでは青瓢簞と呼んでいるはず。青瓢簞というのは、さしあたり見知らぬ人物だよ……わたし自身をふくめた全員にとって」

「いずれ状況は変わるさ。きみはあらたな自意識を発達させ、あらたな人格を見いだすだろう……そうすべき時がきたら」

「親切でいってくれているのだな」アラスカは悲しげに応じた。「だが、今回はきみがまちがっている気がする」

こんどは左腕にむずむずと刺すような刺激をおぼえた。袖をまくりあげる。

「見てくれ」と、ソルゴル人に、「どんどんひどくなる。カピン断片が本当になくなればすべてはちがって見えるのかもしれないが、いまはわが体内にあるのだ。これがわたしをどうする気なのか、わからない。ついさっきは、心臓に移動したせいであやうく死にそうになった。もし脳に移動したら、どうなる？　どういう決まりにしたがって動くのかも、そもそも決まりがあるのかどうかも、わたしにはわからない。わかるのはただ、これが檻を破りたがっていて、そうできないということだけだ。この問題に悩まされているかぎり、自分のあらたなアイデンティティと折り合うチャンスなど、見つかるわけがない」

カルフェシュには返す言葉もない。黙ってすわったまま、ローランドレがしだいに近づいてくるのを見守るばかりだった。

2

うたた寝からさめたアラスカ・シェーデレーアは、はっとした。ミニ・スペース＝ジェットが着陸している。

「なぜ起こしてくれなかった？」と、ぶつぶついった。

返事がない。あたりを見まわすと、ソルゴル人が消えている。呼びかけても応答しない。

困惑と不安をおぼえて艇内をすべて探したが、カルフェシュの姿はなかった。こうなったら、降りて周辺を調べてみよう。どうしてもっと早くそれを思いつかなかったのか、不思議だ。

エアロック室に行き、セラン防護服を着用しようとしたところで、その必要はないとわかった。外には呼吸可能な空気がある。ハッチを開け、ようすをうかがってみた。

沸きたつ沼がはるか先のほうまでひろがり、そのあいだにちらほら、ちいさな島が見えた。いずれも数本の木々が植わっていて、動物がたくさんいる。だが、おかしな眺めだ……見たところ、どの島にもそれぞれ一種類の動物しかいないのである。細い渡り板が島々をつないでいるが、島のへりと板のあいだに湯気をあげて泡だつグレイの沼があるため、動物たちは近づけない。そうした渡り板のひとつが、エアロックのすぐ前にあった。

アラスカはそこへ跳びおりた。と、驚いたことに、渡り板が動きだして運ばれていく。同時に、なにかを伝えるきいきい声が響いたが、インターコスモなのにひと言も理解できない。遠くはなれた場所にある複数のスピーカーから聞こえるようで、ひずんでいるうえ、ところどころ重複しているのだ。

最初に見えた島では、ガゼルのような動物が草を食《は》んでいた。次の島をうろつきまわっているのはクマに似た小動物で、三つめの島には騒がしいサルたち。そして四つめの島のへりにうずくまっているのは、数十人のテラナーだ。全員でかたまり、憂鬱《ゆううつ》そうにうなだれているので、顔が見えない。手を振り、呼びかけてみたが、反応はなかった。そのとき、渡り板の向きが変わったため、アラスカはまっすぐ島のほうへと押しやられていく。

いやな予感がして、あともどりしはじめた。だが、板の動きは速く、島がどんどん近づいてくる。すると、そのへりにいた人々は号令にしたがったかのごとく、いっせいにこうべをあげた。なんと全員、自分と同じ蠟のような顔をしている。

ここは動物園だ！　アラスカはパニックに駆られ、踵《きびす》を返して走りだした。動きの速い渡り板のすぐ上まで、泡だつ沼の水が迫ってくる……まるで、こちらをのみこもうとするように。どれほど必死に走っても、振り向くたびに青瓢箪たちの島はますます近づいてくる。それと同時に、渡り板が沈みはじめたように感じた。実際、すこし前のほうはすでにグレイのぬかるみに浸っている。

もう助からないと思ったそのとき、右のほうから、えらくちっぽけな島が近づいてきた。左右のへりにそれぞれ一名ずつ巨大なポルレイターがすわり、長さ一メートルもあるペダルをせっせとこいで、ビッグサイズのオール三本をあやつっている。この〝島ボート〟の舳先《へさき》に当たる部分に、張りきって指示を出すカルフェシュがいた。青瓢箪の島に捕まるまいと必死で走るアラスカのそばまでくると、動く島は速度を落とし、渡り板のほうへ優雅に方向転換した。

「助かった！」アラスカは足をとめることなく叫ぶ。「手を貸してくれ、カルフェシュ。そっちへ跳びうつるから」

ところが、ソルゴル人はひと言、指示を出すだけ。すると、巨大な一ポルレイターがアラスカのうなじを乱暴につかみ、動く島へとほうりなげた。アラスカはぐったりして地面に倒れこみ、痛むうなじをさすると、

「ずいぶん不親切なやり方だな」と、非難がましくカルフェシュにいう。見ると、つい

に渡り板は泡だつぬかるみのなかに消えていた。

「そうする必要があった」カルフェシュはあっさり応じ、足もとを見た。すでにぬかるみに沈みはじめている。急いで振り向き、また指示を出すが、ポルレイター二名は動かず、オールも静止したままだ。

「この男はわれわれの島にいるべきではない」舳先の左側にいるポルレイターがいう。

「そうさ。よくいる青瓢箪のひとりじゃないか」と、その片割れ。

アラスカは自分の顔を探ってみる。と、マスクが粉々になって飛び散った。顔から剥がれ落ちたカピン断片が、足もとにかたまって輝いている。

「すぐもとどおりになる」カルフェシュはそういうと、輝く塊りに手を伸ばす。だが、それは指のあいだからこぼれ落ち、つかみあげることはできない。そのときオールが一本動きはじめ、アラスカとカルフェシュと組織塊は悪臭のする沼へと落下した。ソルゴル人はすぐに両手で水を搔き、水面に顔を出したが、アラスカは動けなかった。カピン断片が足にしっかり絡みついているのだ。水面が遠くなっていく。もうけっして脱出できない……

……ここまできて、いつもの悪夢だったのだと気づいた。目がさめてみると、聞き慣れた物音が耳に入ってくる。艇はいまもローランドレ上空を飛行中で、着陸などまだまだ先の話だ。たとえ着陸しても、あんな沼の動物園やちっぽけな動く島など存在しないだろうし、まして青瓢箪の集団がいるわけない。どこからやってくるというのか？

　アラスカは額の汗をぬぐった。妙にリアルな悪夢だった。足にのった組織塊の重みも、うなじの痛みも、まざまざと思いだせる。息は荒く、全身が汗びっしょりだ。右脚をあげたとき、やけに腫れているのに気づいた。ズボンをたくしあげてみると……靴がぱっくり口を開け、あらわれた足は大きくふくらんでゼリーのようになっており、脛《すね》は骨と皮だけに見えた。仰天してうなじを探ると、ぶよぶよした大きな瘤《こぶ》に触れた。

「カルフェシュ！」思わず口から出た。「わたしはどうなったんだ？」

　ソルゴル人の返事はない。

　アラスカはしばし目を閉じた。悪夢の終わりのところを思いだす……最後の力を振り絞ってカルフェシュにしがみついたのだが、友はこちらの体重を支えることができず、ただひとつ近くにあった避難所へ向かった。青瓢箪の島である。カルフェシュには用のない場所だ。ソルゴル人がいっしょなら島にきてはだめだと、青瓢箪たちがいったのをぼんやりおぼえている。そのあとわたしは、あの恐ろしげな沼でカルフェシュと死闘をくりひろげたのではなかったか？

　だが、すべては夢にすぎない。夢のなかではまったく非現実的なことが起きるもの。わたしは悪夢をみたが、いまは目ざめている。あの夢はただの幻影だ。カルフェシュと戦ったりはしていない……

……だったらなぜ、振り返ることをこれほど恐れているのだ？

アラスカは、自分がまちがっていないことをたしかめようと、意地になった。変形した脚のことも、からだじゅうをはしる痛みも忘れ、すわっているシートごと振り返る。

制御装置の前にカルフェシュはいなかった。そこにすわることは二度とあるまい。アラスカが麻痺したように見つめたのは、ソルゴル人の絞殺死体であった。頭の角度から、頸の骨が折れているのがわかる。頸を絞めるだけではものたりないとでもいうのか。

なにが起きたのか把握するまでに長い時間がかかり、やがてアラスカは自分の手を見た。

おそらくカルフェシュは、わたしを悪夢から目ざめさせようとしたのだろう。だが、うまくいかなかった。わたしは自分を救う方法があるとわかっていながら、あまりにリアルな夢をみたため、現実を認識できなかったのだ。おのれの命をかけて友に戦いを挑み……勝利した。なんということか。

他者を殺《あや》めてしまった。なおひどいことに、生涯で数すくない友のひとりだったカルフェシュを殺してしまった。わたしがカピン断片を失ってからも、かれはずっと味方でいてくれたのに。

アラスカは恥と恐怖に打ちのめされ、跳びあがるようにエアロックへ向かった。ローランドレもその秘密も、もうどうでもいい。わたしは殺人者なのだ。この罪をあがなう方法はひとつしかない。かれは内側ハッチを閉め、センサー・キイを押した。赤い警告ランプが光り、ていねいな音声説明が響く。

「セラン防護服を着用してください」

「セランなんかいらない！　わたしをここから出せ！」と、激昂して叫ぶ。

外側ハッチは開かない。アラスカは怒りにまかせて、手のとどく場所にあるスイッチをぜんぶ、やみくもにたたいた。ついに疲れはてて床にすわりこみ、ハッチの前でひざまずくと、そこに両こぶしを打ちつける。だが、その力もしだいに弱まっていった。かれは子供のように泣きじゃくり、やがて気を失った。

＊

目ざめたときは、粘りけのある湖から浮かびあがった感じがした。ベッドにうつぶせに横たわっている。だれかの手がやさしくも熱心に、うなじの瘤をなでると、刺すような痛みが消えた。どうしようもなく眠い。宙に浮いているみたいな気分だ。

「熱がある」と、声がした。

それを聞いたアラスカは、あわてて起きあがろうとしたため、痛みにうめきながらまたつっぷした。

「ひどい熱だ」相手はつづけて、「夢をみていたようだな、友よ。悪い夢だったのだろう、自殺しようとするくらいだから」

「きみを殺してしまった！」アラスカは声を絞りだす。

「悪夢をみただけだ。気にするな。われわれ、引き返したほうがいい」

「どうして？」

「きみは病気だ。重病なのだ」カルフェシュは辛抱強く説明した。

アラスカは急いで起きあがる。頭痛と目眩《めまい》がひどかったが、意に介さない。

「ばかな。これはたんにカピン断片のせいだ。ローランドレから強烈なハイパー物理性の放射が発せられている。こうしたものには、いつだって反応するんだ。以前は光り輝いていたのが、いまはわたしの体内で暴《あば》れまわっているだけのこと。そのうちおちつくだろう」

「そうかもしれない……だが、そうでないかもしれない。目下、きみにとってそうした随伴現象はたんに不快なだけでなく、危険要素にもなっている。この状況で飛行をつづけるのは大きなリスクだ」

そのとおりだと、アラスカはひそかに認めた。うなじに触れてみると、瘤はかなり縮んだし、脚のほうもふつうの状態にもどりつつある。だが、次に組織塊がどこに襲いかかるかは、だれにもわからない。たとえばこいつが脳にでもとりついたら、いったい自分はどうなるのか？

ついさっきカルフェシュを殺したと思いこんだことは、さいわい悪夢にすぎないと判明した。しかし、セランを着用せずに艇を出ようとしたのは事実だ。次はなにが起きるか、わかったものじゃない。

友のためにも引き返すべきだろう。自分が危険に身をさらすのは勝手だが、カルフェシュに予測不能なリスクを負わせることはできない。そのリスクはローランドレに近づくほどに大きくなるのだ。このとてつもなく巨大な外壁に到達したら、なにが起きるのだろう。カピン断片はついに狂ってしまうのか？　ハイパー物理性の影響がもっと強くなったとき、自分は望まぬままにどのような行動を強いられるのだろうか？

「リスクがあることは認める」と、アラスカはゆっくりいう。「とはいえ、またあの監視艦隊の包囲網を突破できる可能性がどれくらいあると思っているんだ？」

「相手がなにより警戒しているのは、ローランドレに近づこうとする宇宙船だろう。われわれは反対方向へ行くのだから、気づかれることもあるまい」

「まったく逆の反応も考えられる。相手もこの宙域ではわれわれ同様、ハイパー通信で連絡をとり合うことはまずしていない。それが可能な通信機も故障中のはず。でなければ、われわれ、とっくに見つかっていただろう。つまり、こちらがいつこの宙域に入ったか、どれほどの時間とどまっていたか、相手は知らないわけだ。いま引き返したら、われわれがローランドレに到達しただけでなく、その内部にも侵入したと思うかもしれない。そうなると、重要な情報を奪われたと推測するだろう。だめだ、カルフェシュ。引き返したりすれば、攻撃されるか捕虜にとられるかして、チャンスはゼロになる。任務続行しかない！」

「きみの身があぶないんだぞ！」

「われわれのどちらにとってもあぶない任務だ。それは全員、最初からわかっていたこと」アラスカは淡々といいかえす。

「そういう話ではない。きみひとりに関わる、死を意味するかもしれないリスクのことをいっている」

「カピン断片か？」アラスカは軽くいなした。じつは背中に鳥肌が立っていたのだが。「これには前々からずっと悩まされてきた。いまは、その結果の状況がすこしちがうだけさ。でも、なんとかやっていける」

カルフェシュは長いこと沈黙していた。異質に見えるその顔から表情を読みとるのはむずかしい。こちらを凝視しているのか、ただ遠くを見ているだけなのか、アラスカにはわからなかった。

「わかっていながらリスクをとるというのだな」ようやくカルフェシュが口を開き、「それによってなにをしたい？　青瓢箪でも人の役にたつと証明してみせたいのか？それとも、まだ裏になにかあるのか？」

「よくわからない」アラスカは正直に答えた。「カピン断片の動きが活発になっている。もしかしたら、体内から出ていく道を見つけたのかもしれない。そうなれば、わたしは自分が正しかったと実証できるし、自意識のようなものをとりもどすチャンスもある。だが、断片がここにとどまるなら……」

「きみは、それがまた顔にもどってくることを望んでいるのか、望んでいるのか？」

アラスカは黙りこんだ。なにを望んでいるのか、自分でもわからない。わかるのはただ、どうしてもローランドレに行きたいということだけだ。なにか決意できる可能性があるとすれば、それはローランドレにしかない。引き返し、銀河系船団の庇護下に逃げもどるのは……降伏に等しかった。

「任務を中断することはしない」アラスカはそういうと、ついに立ちあがる。目眩がした。顔の前を霧が漂っていて、そのなかから暗いふたつの目がこちらをじっと見ているような感じだ。それを振りはらうと、まっすぐ立った姿勢を無理やりたもち、ふたたびコンソールについた。

目の前に見えるのはローランドレの外壁ではなく、巨大な一恒星の業火《ごうか》であった。燃えあがる紅炎が艇をのみこむ。これはたんなる幻想だと、アラスカは必死で自分にいいきかせ、

「だいじょうぶだ。体調はまったく問題ない」と、ソルゴル人に確言した。

「ローランドレに近いポジションだから、あらゆる類《たぐ》いの宇宙船がうようよいると思ったが」

＊

「それにしても驚いた。ここはなんとしずかなのか」カルフェシュがコメントする。

「まず第一に、近ければどこでもそうというわけではないだろう」と、アラスカ。「第二に、ここはずいぶん前から忘れられている宙域のようだ。すべてが非常に古いな。すっかり放置されたと考えざるをえない」

カルフェシュがなにもいわないので、テラナーはほっとした。また熱が出てきたらしく、明晰に考えることができなくなっている。喉が渇いてしかたないが、立ちあがって飲み物をとりにも行けない。すわったままでも目眩がするのだから、酔っぱらったみたいによろめいてしまうだろう。またもやカルフェシュに引き返す理由をあたえることになる。それだけは絶対に避けたい。

考えるだけでなく、しゃべることもむずかしくなっていた。言葉が舌の上に貼りついてしまう。からだが鉛のように重い。だが、また悪夢をみるのが恐くて、目を一瞬つぶることすらできなかった。

歯の根も合わなくなる。カルフェシュがすぐに気づき、心配そうに訊いてきた。

「どうした？　だいじょうぶか？」

アラスカ・シェーデレーアはけっして癇癪《かんしゃく》持ちではないが、このときばかりは突然ものすごい怒りをおぼえた。ソルゴル人に向きなおり、

「いいかげん、ほっといてくれ！」と、叫んだ……つもりだった。しかし、口から出たのはしわがれた喉音だけ。全身が震えだし、汗が流れて目にしみる。涙目を通して見えたのは、おかしな怪物の姿だった。おのれの体内から這いだしたと思うと、こちらに向かってくる。アラスカはのこった理性をかき集めて、怪物などいないと自分にいいきかせ、発作がおさまるのを待った。怪物がなにかいったが、理解不能なうなり声にしか聞こえない。

やがて、ひんやりしたコップが唇にあてがわれ、なにか液体を無理やり飲まされた。それはいやな味がしたが、冷たくて、渇きが癒される。アラスカはコップの中身を飲み干し、額の汗を怪物がぬぐうのにまかせた。驚くほどやさしい感触の鉤爪が、眉毛やこめかみをなでている。

しばらくして、怪物はカルフェシュだったのだとわかった。それでも、ソルゴル人の言葉はやはり動物のようなうなり声に聞こえる。アラスカが自分の耳を指さすと、カルフェシュはそのあたりも鉤爪でなでまわした。

「きみの顔がいきなり変形して見えたんだ」しばらくして、アラスカは状況を理解した。

「だが、すこし待てばこうした障害もなんとかできると思う」

カルフェシュがマッサージを終えると、飲み物のいやな後味も消えて、ふたたび舌をきちんと動かせるようになった。アラスカはまず、こう訊いた。

「わたしになにを飲ませたんだ？」

「フルーツジュースさ。なんだと思ったのかね？」

「いいたくない」アラスカはつぶやくと、痛む両目をこすった。

「カピン断片が感覚をブロックしたため、五感が変化したのだろう」カルフェシュが確言する。「いいか、友よ。カピンによる干渉は今後ますますひどくなるぞ。いまはローランドレからの放射に組織塊が反応しているだけかもしれないが、なにかほかの原因で活性化することもおおいに考えられる。引き返すというのはたしかに現実的ではないが、ここにとどまっていれば比較的、安全だろう。この外壁からもうすこしはなれて状況がよくなるかどうか、すくなくともためしてみるべきではないか」

「時間のむだだ」アラスカはいいはる。「ここには一種の敷居のようなものがある気がする。外壁に到着したら、いちばんひどい状態からは抜けられるはず。そこからローランドレ内部にいたるルートを探せばいい」

「もし、状態がもっと悪くなったら？」

「ならないよ」

ソルゴル人はアラスカをじっと見つめた。テラナーは異質な友の顔を魅せられたように観察する。カルフェシュの麦藁《むぎわら》色の顔は外から入ってくる淡い光に照らされ、純金でできた高価な仮面のようだ……そこにはサファイアがふたつ、輝いている。ふと、うらやましく思った。友の顔はたしかに人間ばなれしているが、顔であることにはちがいないし、それなりに生き生きとして表情豊かだから。

「その言葉どおりだといいのだが」カルフェシュは心配そうにつぶやき、「われわれ、ここにきてよかったのだろうか。ローランドレに近づいた場合にきみがどうなるか《バジス》のだれかわかっていたなら、われわれが派遣されることはなかったはず」

「それはどうかな」アラスカの声は暗い。

「なんといった？」

「いや、なんでもない」

カルフェシュはそれ以上、追及しなかった。友がいいたくないのなら、ようすをみるのがいちばんだ。もしかしたら、いずれ話してくれるかもしれない。とにかく、無理やり訊きだすようなことはしたくなかった。

スペース＝ジェットは巨大外壁にあと数キロメートルのところまで近づいた。カルフェシュはローランドレの地表が自分たちの〝下〟にくるよう、コースを変更。小型艇はゆっくりと、荒涼として単調な風景の上を飛んでいく。地表にはほとんどなにもなく、そこかしこで亀裂がはしったりひび割れたりしていた。奇妙なまるい山、あるいは丘が複数ある。なんだか泡のようなかたちに見えるが、実際そうかもしれない。まるみの上のほうが砕けてクレーター状になっていたり、円形の縁だけがのこっていたりするものもあるから。大気の存在をしめすシュプールはいっさいなかった。ローランドレの外縁部に生命は存在しないということ。

なにかエアロックの役目をするものをカルフェシュが探すあいだ、アラスカは思いをめぐらせた。もしかして《バジス》では、ローランドレに近づけばハイパー物理性の放射に見舞われると、だれか気づいていたのだろうか。だからこそ、わたしはこの任務に参加させられたのか？

自分がべつに《バジス》内で人気者でないことは自覚している。マスクの男だったときも一匹狼だったが、記憶に誤りがなければ、あの〝事故〟が起きる前だって、とりたてて社交的とも話しやすいとも思われていなかった。マスクとその下のカピン断片が他者との隔たりを生んだのはたしかだけれども、そうなる前から、すでに自分には孤高のムードが漂っていたのだ……多くの者がしりごみする壁のようなものが。

わたし自身はそれを気にしなかった。そして時の流れとともに、内面的にも人間社会から遠ざかるようになる。正確にいうと、わたしはすでに本来の意味でのテラナーではなくなっていた。キトマやカリブソといった謎の存在がわたしだけに頻繁にコンタクトしてきたのは、けっして偶然じゃない。人間ではあるものの……カピン断片によって、なにかちがう存在になっていたのだ。

それにもかかわらず、わたしが人間社会に受け入れられたのは、顔をかくすマスクのおかげだろう。マスクのおかげで、いわゆる人づきあいを避けても悪くいわれることはなかった。わが道を行く変わり者でいていいという特権をあたえられたのだ。それでも百パーセント、人間とみなされていた。マスクと組織塊をとりされば人間の顔があると、人からは思われていたから。

マスクで顔をかくしている者は、周囲の不安や不信感をあおる。だがアラスカ・シェーデレーアの場合、だれも批判してこなかったのは、かくしているのが顔でなく不気味なカピン断片だったからだ。それがいまは、マスクの下にふつうの人間の顔があるわけだから、同じような不信感が生まれているはず。しかし、それをアラスカにいってくる者はいない。

《バジス》の人々は転送障害者と関わりを持たないようになった。関わらざるをえないときも、じろじろ見たりはしない。これがたんに宙航士連中だけの話だったら、アラスカも気に病むことはなかっただろう。しかし、ペリー・ローダンまでが突如、過敏な反応をしめし、こちらを巧みに避けるようになったのだ。

たんなる思いこみかもしれない。だが、すくなくともイルミナ・コチストワが自分を訪ねてきた件については、否定できまい。いつだったか、メタバイオ変換能力者がやってきて、力になりたいといったのだ。アラスカは了承した。イルミナのことは好きだ。臆することなくこちらの顔を正視してくれる。イルミナはかれの望むものを知っていた……新しいマスクではなく、自分が受け入れることのできる顔だ。アラスカはイルミナの手にすべてをゆだねた。だが、しばらくすると彼女は降伏せざるをえなくなった。細胞の機能と構造に影響をあたえられる彼女の超能力も、アラスカ・シェーデレーアには効果がなかったのである。

「これはトラウマね」と、イルミナはいった。「あなたの細胞は変化したくないのよ。またカピン断片がもどってくるのを待っている。どうしてなのか、わたしにはわからない。もしかしたら、すでに組織塊との結びつきが強くなりすぎていたのかもしれないし、あるいは……あなた自身、本当に新しい顔を望んでいるのかしら？」

アラスカが望んでいるのはただひとつ、カピン断片が実際にいなくなったわけじゃないとわかった以上、それをもとの場所にもどすことだった。しかし、どうやれば断片を動かせる？　ひょっとして、ハイパー物理性の影響が大きい場所に行ったら可能になるかもしれない。

つまり、これはひとつのチャンスなのだ……非常に不確実なチャンスだが。理由はわからないものの、かつてカピン断片が宿主の体内に侵入してくることはなかった。だが、宿主からはなれる手段もなかったのだ。アラスカはよく、自分の顔の上で断片が動くのを感じたものの。ここからはなれたがっているのだと何度も確信したし、動きが弱ったときには壊死して剥落するのではないかとも思った。しかし、そのたびにカピン断片は回復し、アラスカの顔にいつづけた。

それがなぜ、こんな変化を遂げたのか？　組織塊のこのふるまいは、予測可能なものだったのだろうか？

《バジス》がわたしをローランドレに派遣したのは、最終決断を迫るためか？

もう明晰に思考することができない。だが、これだけはわかる。顔にカピン断片のない青瓢箪は、心理学者たちにとって厄介者だろう。体内に断片を持っていたら、アラスカ・シェーデレーアは保安面でのリスクとなる……かれ自身にとっても。

その先の結論を考えたくなくて、アラスカは無理やりローランドレ地表の映像に集中した……それが本当に〝地表〟であればだが。ついさっき、見慣れないかたちがあるのに気づいたのだ。外壁の奥のほうにクレーターがひとつ見える。そのときまた、星雲のような靄が目の前にあらわれた。

目をこすろうとして手を本能的に持ちあげ、つい動きをとめる。ようやく気づいたのだ……そうしようと思えばできるけれども、自分はそうしたくないのだと。

星雲がひろがっていき、アラスカの理性に不気味な作用をおよぼしはじめた。

〈着陸するのだ！〉と、それがささやきかけてくる。〈いますぐ！〉

アラスカはその声にしたがった。スペース＝ジェットは急旋回し、一路ローランドレの地表をめざす。ぼんやりしていたカルフェシュは、あわてて敏感な鉤爪のある手をコンソールに伸ばすが、時すでに遅かった。

小型艇はクレーターの上のへりに衝突するようなかたちで着陸した。

3

「これはもう打つ手がない」小型艇をすみずみまで調べたあと、カルフェシュがいった。

「なぜこんなことをしたのだ？」

このときアラスカ・シェーデレーアは完全にまともだった。視界をさえぎる星雲は消え、からだのどこにも変形したり透明になったりしている個所はない。悪夢もあらわれていない。

「なぜだかわからない」と、もごもご答える。「なにかに強制されたんだ。そんなにひどい状態なのか？」

「われわれふたりとも生きのびて、けがもなかったのは、非常にラッキーだったというしかないな。艇はもう飛行不能だ……助けを呼んで修理してもらわないかぎり。だが、それを待ってはいられない。きみが感じたなにかというのは、ローランドレから発せられたものか？」

「見当もつかないよ。もしかしたら、またカピン断片のせいでおかしな夢をみたのかもしれない。どうしてそんなことを訊く？」

「外にいるなにものかに呼ばれたのなら、その正体を探るべきだろう」ソルゴル人はおちついている。

アラスカは周囲を見まわして身を震わせ、

「外にはなにもないと思う」

「だったら、やはりローランドレが原因だな。ここでスクラップのなかにとどまり、ぼうっと助けを待っていてもしかたあるまい。このクレーターは人工物のようだ。どうやら、偶然ながらついに出入口を見つけたらしいな。外に出て見てまわろうと思うが、どうする？」

アラスカはクレーターの内側を見おろしてみた。斜路のような構造がうねって下方につづいている。照明されてはいるが、暗く陰鬱な感じだ。大気は存在せず、生命体がいるようすはなかった。ローランドレ内部に入るためのエアロックがどこかにあるのかもしれないが、見つからない。それでもアラスカは外に出たくなかった。もうこの艇にとどまれないのはわかっている。だが、自分たちが生きのびたのは奇蹟のようなもの。これ以上運を使いはたすのはおろかじゃないか。

「アラスカ！」

友の声にうしろめたさをおぼえ、かれはしぶしぶ立ちあがった。

「外に出よう」と、しかたなくいう。

「よし」カルフェシュはほっとしたようだ。

ふたりでセランを着用する。防護服につつまれると、アラスカはなぜかマスクをつけたような安心感をおぼえた。いまいましいカピンめ、セランのなかで好きにわたしを透明人間にするがいい……そうなってもだれにも見えないのだから。そう思うと気が楽になる。これからはふつうにふるまおうと、心に決めた。もしかしたら、肉体や意識のはげしい反応は自分の思いこみだったのかもしれない。なにもかも、それほどひどい状態ではなかったのかもしれない。よく考えたら六百年近くもカピン断片と共存してきたんじゃないか。なぜ、今後もそうできないはずがある？　最後には組織塊も、わたしの体内でどうにかこうにかおちつくだろう。どうやら、すでに気にいった場所を見つけて定着したのかもしれない。わたしがいままったく苦痛を感じていない理由は、それ以外にないのでは？

カピン断片はローランドレから発するなにかが原因であばれていたが、ゴールに着いたいまはおとなしい。こうしたことは前にもあった。もちろんいまと同じ状況ではなかったが、うまくこなすやり方を自分は知っている。断片がどこに居場所を定めたとしても、たいして関係ないのではないか？

組織塊がそのうち自分の右手や肩、あるいはべつの場所にうつるかもしれないと考えると、アラスカの顔に笑みが浮かんだ。そこに定着し、これ以上宿主の精神を惑わすようなふるまいに出ないなら、もういうことはない。

艇のエアロック・ハッチは引っかかって開かなくなっている。アラスカは防護服姿のカルフェシュに合図し、ほとんど陽気な調子でこういった。

「道を切り開こう」

「本当にそんなことをしていいのか？」カルフェシュが気づかう。

「かまわない」

「だが、もうもどれなくなるぞ！」

「どっちみち同じさ。このスクラップでなにができるというんだ？」

ブラスターをくりだす。艇の外殻にちいさな穴があき、空気が音をたてて排出された。それからふたりでさらに大きな開口部をつくり、外へ出られるようにした。

「この光はどこからくるのだろう？」ヘルメット・テレカムから響くカルフェシュの声がややひずんでいる。原因は不明だが、アラスカはとくに気にしなかった。

「どうでもいいじゃないか」

そういうと、多孔性の素材でできているようなローランドレの表面におりたつ。艇は下方につづく斜路のてっぺんに着陸していた。ここでは〝道幅〟が数百メートルあるが、深淵の縁に立ってのぞきこんでみると、下へ行くにつれてせまくなるようだ。周囲を見まわしてわかったのだが、自分たちは危機一髪でカタストロフィを回避していた。小型艇は斜路の縁からほんのわずかの場所にある。あと五百メートルずれていたら、おだぶつだった。

だが、それもアラスカにとってはたいして重要ではないらしいと、カルフェシュは思った。どれほど危険な状況だったか意識すらしていないように、興味津々《きょうみしんしん》で身を乗りだし、クレーター内を観察している。とうとうソルゴル人は友を斜路の上に引きもどし、「墜落したいのか？」と、どなりつけた。

アラスカは笑みを浮かべ、

「セランを着ていて墜落することはありえないよ」と、おかしそうにいう。「忘れたのかな？」

「忘れてはいない」カルフェシュはためらいがちに、「しかし、ここはどこかの未知惑星じゃなく、ローランドレだ。慎重にならなくては、友よ。なにもかもが、これまでどおりにいくと思ってはいかん」

「わたしはこれまで、ずいぶん多くの奇怪な惑星を訪れた」アラスカは手を振った。「もっと深い穴をのぞきこんだこともある。恐がるにはおよばない」

「それはそうだが」

「だろ！」テラナーは楽しげに応じ、仲間うちのしぐさでソルゴル人の脇腹を突いた。

「じゃ、下になにがあるか早く見てまわろう」

そういうと、カルフェシュにかまわず出発する。

*

アラスカ・シェーデレーアは生まれ変わったような心持ちがした。苦痛はまったく感じない。どんなにぐあいが悪かったか、もう思いだせないほどだ。カピン断片はおとなしくしている……ひょっとしたら、荒っぽい着陸の最中にこっそり逃げだしたのかもしれない。

口笛でも吹きたい気分でうきうきしながら、ひろい斜路をくだっていく。カルフェシュも、すこしためらったものの、ついてきていた。それをさりげなく確認する。

「飛翔して下の階層におりるほうがいいんじゃないか？」しばらくのち、そうソルゴル人が提案した。「このクレーターは巨大だから、徒歩で見てまわるのは無理だ」

「わたしの頭がまともかどうか知るための誘導尋問だろう？」テラナーはおもしろがって、「エネルギーを使えばそれだけ、だれかに見つかることを覚悟しなければならなくなる。この答えで満足かな？」

「いいや。きみの変わりようは極端すぎる。まるで陶酔状態だ。だから心配なのだよ、わが友」

アラスカは声をあげて笑い、

「絶好調なんだ。陶酔状態ってわけじゃない。ただたんに地獄から抜けだせてうれしいだけさ。それならわかるだろう？　わからないか？」

カルフェシュは返事をしない。アラスカはむっとした。なにもいわないということは、自分の負けだと思っているはず。なのに、誤りを認めないのはアンフェアじゃないか。ソルゴル人が黙ったままなので、いらいらする。このいらだちをどうやってしずめようかと、無意識に機会をうかがいはじめた。

そのとき、ある人物の姿を目撃したのである。

アラスカはその場に立ちつくし、不審げに目を細めた。

その人物は右のほう、深淵の縁に立っている。ほっそりと華奢《きゃしゃ》で、身につけているのは宇宙服ではなく簡素な白い衣装だ。それがそよ風に揺れている……ありえない話だが、事実だった！

「アラスカ！」

カルフェシュの呼び声が聞こえたが、アラスカは気にせず、ゆっくりとその人物に近づいて、ささやきかけた。

「きみはだれだ？　前に会ったことがあるな。だが、きみがここにいるはずはない！　なぜ答えないのだ？」

相手が動かないので、アラスカはさらに近づいた。たいらでない場所にきたとわかったが、気にしない。風になびく白い衣装と、ごつごつした岩に触れていない裸足のちいさな足を、呪縛されたように見つめる。その人物は岩に立っておらず、空中に浮かんでいるのだった。

「アラスカ、どうした？　なにが見えるのだ？　だれに話しかけている？」

カルフェシュの声が遠くから響いてくる。はっきりしないうなり声のようで、ほとんど認識できないが、不安げなのはわかった。うるさい雑音だと感じて、アラスカは通信機をオフにした。あそこにいる人物とは、こんな道具がなくても意思疎通できるはずだから。

足もとでなにかが崩れ、バランスを失った。見おろすと、ゆるんだ岩がごろごろしていて不安定な状態だ。岩のあいだに金属のきらめきがあちこち見える。アラスカは岩場に立ってよろめきながら、両腕を泳がせつつ、未知の人物に向かって進んでいった。

ここにいるはずのない人物は、相《あ》いかわらず動かず、でこぼこした岩場のすぐ上に浮かんでいる。アラスカはゆっくり転がってきた岩ブロックになぎ倒され、その上にあおむけになったまま、深淵へと滑落していった。だが、人物の足もとにまっすぐ向かっているのがわかったから、不安はなかった。そこに行けば安全だと自分は知っている。なぜ知っているのか、と、自問したりはしない。それはどうでもいいことだ。運命に身をまかせ、謎めいた確実さで目的の場所へ向かう岩ブロックにすべてをゆだねた。滑落していくあいだ、人物の顔に視線を注《そそ》ぐ。だれだか思いだせないが、それでもなじみ深いとわかっている顔だ。

だが、クレーターの上のほうは明るいのに、その人物は影になっている。目がこちらを見つめている気がしたが、実際は、揺れる白い衣装の上方にぼんやりと黒いかたちがわかるだけだ……そのとき、アラスカはなにかにつかまれ、持ちあげられた。斜路にもどされ、荒れた土地の上にそっと置かれる。かれは深淵の縁をのぞきこみ、人物が跡形もなく消えてしまったのを目撃して、目に炎を燃やした。

怒りにわれを忘れ、振り返ってカルフェシュをにらみつける。

「なぜ、こんなことをした？　なぜ、わたしをここにもどしたのだ？」

カルフェシュにはその声が聞こえないらしく、返事はない。ヘルメット・テレカムをアラスカが切っているからだが、かれはそのことに思いいたらず、相手のジェスチャーを見ても理解できない。あまりに激怒したため、理性を失っていた。

ブラスターを抜く。だが、銃を持つ手をあげる前に、しゅっというかすかな衝撃を感じとった。狙いを定めて引き金を引いたとたん、闇につつみこまれた。

＊

武器を落としたテラナーがゆっくりと倒れる。それを見つめるカルフェシュは動揺していたが、セラン防護服のおかげで友が地面に激突することはない。まるで、命に関わる不運をセランが最後の瞬間に回避したかのようだった。

青瓢箪がもうすこしで死にいたるところだった岩場を、震撼しながら見あげる。カピン断片は今回、最適のタイミングと場所を探し当ててたわけだ。斜路のこの場所では、数百メートル上にある岩山の上辺まで、細い小道が一本だけうねっている。右は急斜面になっており、岩がゆるんでいて危険だ。いくつか動いている岩も見える。

むろん、セランがあればアラスカが墜落することはなかったろう。遅くとも、角のところで足を滑らせたとたん、自動装置が作動したはず。しかし、カピン断片はそれを知っていただろうか？ そもそも、なにかを知ることができるのか？ それは知性を持ち、計画に沿って行動するのか……あるいは、特定の状況においてある程度、本能に突き動かされた反応を見せるだけなのか？ 周囲のようすを認識しているのだろうか？ もしそうだとしたら、どうやって？

だが、こんな質問は基本的にどうでもいい。いまや、はっきりしたことがひとつだけある。カピン断片が宿主を亡き者にしたがっているという事実だ。そのせいでアラスカは宇宙服を着用せずにエアロックから外に出るところだったし、搭載艇を地面に衝突させるような操縦をした。そしていまは、深淵に飛びこみそうになった。ただ、その計画がこれまですべて失敗したのは、断片がきわめて利口とはいえない証拠かもしれない。セランの自動保安装置を計算に入れた計画はたてていなかったようだ。それにどうやら、宿主の生存本能を完全に奪うこともできていない。もしできていれば、もっと効率的なやり方でアラスカを自殺に追いこめたはず。ただブラスターを抜いて自分を撃たせればよかったのだから。

カピン断片は、アラスカ・シェーデレーアが死ななければおのれは解放されないと信じているのだろうか？　そもそも、なにかを信じたりするのか？　この断片というのは、いったいなにものだ？

しかし、こんな質問もいまは無意味である。とにかく、一刻も早くここを去らなければ。カルフェシュはアラスカのからだを持ちあげるため、飛翔装置を使うことにした。ほんのわずかな時間だけなら、充分うまくいくだろう。それにどのみち、アラスカがこちらに向けてビームを発射したのだ。幸運にも大きくそれたとはいえ、どこかで探知されているはず。

ずっと下のほうを見ると、らせんを描きながらつづく斜路のほかにも、異なる階層につながるルートがあるようだ。多孔性の物質にしっかり固定された階段、アーケードのような通廊、掩体《えんたい》になりそうなトンネルやアルコーヴが見える。だが、上方のここにあるのは、ふつうのひろい斜路となめらかな垂直の壁だけ。真空地帯にもかかわらず、いざというときにかくれられそうな、くっきりした影ゾーンがまったく見あたらない。

しかし、いずれにせよこの斜路はふつうの状態とはほど遠かった。じっくり見てまわったカルフェシュは、クレーター壁のここの部分になにか非常に大きなものがぶつかったという印象を持った。斜路の一部が壊れているだけでなく、ほかはなめらかで耐久性のある壁もここでは被害を受け、ところどころ剝落している。カルフェシュの立っている道は、ほんのわずかな部分だけが、もともとの斜路と同一だといえた。

かれはアラスカをその場に置いたまま、曲がりくねった小道の次の区間まで行ってみた。空洞部分に行きあたるという望みはあまり持てないが、生命体がいるとしたらローランドレ内部のはずだし、ひょっとしたらここクレーター上辺に出入口のようなものがあるかもしれない。

次のカーブの向こうに、期待どおりのものがあった。

クレーター壁に衝突したなにかは、壁の一部を壊しただけでなく、ローランドレ内部にある軽く曲がったトンネルを一部あらわにしていたのだ。

がれ場を数メートルよじのぼり、ようやくそこへ到達した。いまいるのはしっかりしたオーヴァハングの上で、地面には岩もほとんどない。のぞきこむと、クレーターから曲がってのびるトンネルが二本あった。見えるのは深い闇ばかり。クレーターの中心方向をしめすトンネルを行くには、さらに岩場を登るしかない。そこまでからだを張った冒険に出るのは、いまはやめておこう。もう一本のトンネルのほうがかんたんだ。カルフェシュは迷わずそこへ入っていった。

ヘルメット・ランプの明かりに、なめらかな壁が浮かびあがる。壁はドーム状の天井へとつづいていた。地面はたいらだ。トンネルの前方は塵《ちり》と数個の岩ブロックにおおわれていたが、なかへ行くにつれて塵の層は薄くなる。数百メートルほど進むと、行きどまりになり、継ぎ目のない壁が眼前にあらわれた。よく調べてみたところ、この壁は擬装したエアロックではないという結論に達する。罠でもなさそうだ。

急いでアラスカのところへもどると、テラナーはまだ麻痺状態だった。いまのところ、クレーターの上辺でようすをうかがっているような者の姿もない。カルフェシュはアラスカのセラン防護服と接続を確立し、自動装置に命令を出して、意識のないテラナーをある程度楽に運べるまで重力値を絞る。数分後にはアラスカは、だれがどのような目的で掘ったのかまったくわからない暗いトンネルのなかに横たわっていた。ソルゴル人のほうは、その開口部近くの岩のうしろにかくれて周囲のようすを観察する。動くものはなにもなかった。

4

アラスカ・シェーデレーアは夢をみていた。白い影のような謎めいた生物が目の前に漂い、自分をどこかへ連れていこうとしている。かれは催眠術にかかったごとくそのあとを追うが、湧きあがる不信感をぬぐうことができない。

「待ってくれ」と、途中で声をかけた。「顔を見せ、名前を名乗るんだ。知りもしない相手についていくわけにはいかない！」

夢のなかの生物はその言葉を無視する。なのにアラスカには、なぜかわからないが、相手をほうっておくことができない。

がらんとした通廊を抜けて進んでいった。恐いくらい真っ暗だが、それでも周囲のようすがわかるほどの明かりはある。着いた先はカタコンベ、太古の埃《ほこり》が積もる忘れられた墓場だった。そこかしこに見慣れたものがある。石に刻まれてこちらを恐ろしげに見おろす顔、〝立入禁止〟の文字がある閉じたドア、魔法の鏡……のぞきこむと、ずいぶん昔に知っていたひとりの少女が見えた。それから、ぼろぼろになりかけた制服が置かれている墓があった。

夢の生物はしばしその場所に立ちつくしていた。ついに白い衣装の下の顔が見えるかもしれないと思い、アラスカは墓をまわりこんで近づく。だが、顔だと思って見つめたものは、色を変えながらうごめく組織塊だった。一瞬、ひとつの町を目にしているような気になる。これまで訪れたなかでもっとも不気味で、もっとも不安を催させる町。しかし、それはカピン断片であった。突然の不安のなか、アラスカは、自分がこの組織片に対する免疫を失っていることに気づいた。叫び声をあげ、両手をかかげて目をおおう……

……そこで目がさめた。全身、汗びっしょりだ。セラン防護服の温度調整装置がフル回転している。まわりは暗かったが、五十メートル前方から光が入ってくる。トンネルのようなところにいるらしい。前方にあるのはクレーターにつづく出入口だろう。すぐに感覚がもどってきた。数個の大きな岩塊の向こうに、外から見つからないようかくれているカルフェシュが見える。

カルフェシュ！

アラスカは深淵の縁で不思議な姿の者を見たことを思いだした。あの未知者についていきさえすれば、悩みはすべてたちどころに解決すると、内なる声が告げている。とはいえ、あのような状況はそうそう起こらないだろう。おそらくあれが唯一のチャンスだったのだ。予期せぬ出会いに不意討ちされたが、不信感はまったくなく、まさに思考がシャットアウトされたようだった。あれほど楽な気持ちには二度となれないだろう。いまみた悪夢はお告げだったのかもしれない。

あのときまでの自分は不安もなくリラックスして、幸せな思いに満たされていた。カルフェシュの介入があってはじめて、危険な状況だったのだと意識したわけだが……そのせいで悪夢をみたのだ。さっきの恐怖はかんたんにはらいのけられるものではない。

カルフェシュと袂《たもと》を分かたなくては。なにがなんでも、可及的すみやかに。

だが、ソルゴル人も前より注意深くなっているはず。どうやって追いはらおうか？

そのとき、右脚が引きつるのを感じた。カピン断片が合図を送ってきたのだ。

思わず笑みを浮かべた。フロストルービンを通過してからはじめて、組織塊の意思表示に感謝の念が湧いてくる。

「わかったよ」と、招かれざる客に小声で話しかける。「われわれのどちらも、いま演じさせられている役割に不満なのだな。きみにすれば、わたしのからだはこのうえなく不快な監獄だし、わたしにとってきみは想像できるなかでもっともいやな囚人だ。扉を開ける方法がわかれば、すぐに出してやるとも。扉があるのはまちがいないんだから。だが、カルフェシュがつきまとっている以上、きみもわたしも鍵に近づけない。かれを引っかけるから、手伝ってくれ……それできっとうまくいく」

当然、カピン断片から応答はなかった。組織塊がこちらの言葉を聞いたかどうかも定かではない。カピンとは数世紀ものあいだ共生してきたが、この共生体がもたらす利点について気づいたのは、ついさっきのことだ。それに対してカピン断片のほうは、けっしておのれの状況に感謝の念をしめすことはない。ある特定の状況になれば、ただ感情のまま本能的に反応する。これについてはなにも変わらない。いまは前提条件がちがっているだけだ。

それとも、そうじゃないのか？　わたしが知らないうちに、組織塊は意識を発達させていたのか？

いや、ちがう。カピン断片が外側へと自己主張しはじめたように思えたときから、わたしはグッキーやフェルマー・ロイドといった有能なテレパスと頻繁にコンタクトしてきた。わたしのなかに異質な独自意識が存在するならば、かれらがそれを見逃したはずはない。

右脚の引きつりが、痛みをおぼえるほどに強くなった。なんともいいがたい、気味の悪い感覚がある。脚が自分のからだの一部でなくなり、なおかつ異存在平面でつながっているような感じなのだ。これは明らかに医学的範疇《はんちゅう》でとらえられる現象ではない。なぜなら、セランがいっさい干渉してこないのだから。そのことにアラスカはほっとしている。

ヘルメット・テレカムのスイッチを入れて、カルフェシュに呼びかけた。

＊

はじめのうち、カルフェシュの注意はほとんどクレーターの〝上空〟に向けられていた。この構造物の内部に入ってしばらくたつあいだに、下から奇襲を受ける恐れは比較的すくないと判断したからだ。だが驚いたことに、上のほうにもまったく動きはない。斜路にあるのがはっきりとわかる搭載艇の残骸にも、興味をしめす者はだれひとりいないようだ。どこまでも一様な光をずっと見つめているのは、ことのほか疲れる。とうとうカルフェシュは、あちこち視線をさまよわせた……そのとき、クレーターの向かい合った側の一階層下のところに、動くものを発見。

複数の異人がうろうろしている。だが、自分とテラナーにとって危険はないとすぐにわかった。動作は人間ほど機敏でなく、むしろ、のろいといっていい。かれらがこのトンネルに到達するころには、とっくに自分もアラスカもべつのかくれ場にたどり着いているだろう。それに相手のほうは、わざわざクレーターを横断して太古のトンネル内を嗅《か》ぎまわるつもりもなさそうだ。

カルフェシュはセラン防護服の道具を使い、異人を詳細に観察してみた。からだつきは瓶のようで、ずいぶん粗末な防護服を着ている。そのせいで実際よりみすぼらしく見えるのかもしれない。クレーター内部にやや突きでている斜路の上に、遠くから見るとまったく目立たない隆起があって、かれらはそこに向かっている。拡大装置を使って確認したところ、隆起の向こうに出自不明の宇宙船が一隻見えた。三分の一から三分の二ほど解体されている。どうやら異人の任務は、この宇宙船を徹底的に分解してかたづけることらしい。だが、動作がのろいうえに道具の使い方も下手《へた》なので、かなり時間を食っているようだ。任務が完了するまでには、あと数年かかるだろう。その理由は、かれらが仕事熱心でないからではなく……まったくその逆だった。

この奇妙な異人たち、どうやら宇宙船の解体作業に関して完璧に意見が一致しているとはいえないようなのだ。数名は明らかに、これをうまく組み立てなおそうと考えている。もちろん例外といっていいごく少数の者ではあるが、それだけにとても熱心にとりくんでおり、そのせいでほかの同胞たちは何度も混乱させられていた。おまけに〝まともな〟者たちは……多数派のやっていることが正解だとしての話だが……非常に慎重に作業し、どの部品もできるだけていねいに分解しようとしているのに、まともでないほうの者はそんなこと気にしない。だから、苦心して船首からとりはずした曲面板がいきなりどこかの支柱に溶接されるといった、とんでもないことが起きていた。

それでも〝まともな〟異人の反応を見て、カルフェシュは啞然とした。いきりたって事態をおさめたりせず、不具合が生じても、そのつどせっせともとどおりにするだけなのだ。つまり、まともでない者たちのじゃまをすることで、その良心に訴えているのか……すくなくとも、外からはそのように見える。

しばらくすると、斜路に面したクレーター壁の一エアロックからべつの異人グループが出てきて、それまで作業していた一団は自分たちのトンネルに帰っていった。新参者たちのやり方も、前のグループと変わらず非効率的だ。

そのとき、アラスカ・シェーデレーアの呼びかけが聞こえたため、ソルゴル人は観察をやめた。

テラナーが投光器のスイッチを入れたので、その姿が照らされる。かなりみじめな状態だ。どうやら右脚が動かせないらしい。それでもセランの装備にはたよっていなかった。理性的だ、と、カルフェシュは感心した。あのおかしな異人たちは札つきの悪党には見えないものの、現状を考えれば用心するにこしたことはないから。

「どうした？」と、心配そうな声を出す。

「脚の調子が悪くて」アラスカはいつもの訥々《とつとつ》とした話し方で、「なんだか脚が自分の隣りにあるみたいな感じなんだ……いいたいこと、わかるだろうか。これまでにいったい、なにがあった？」

「どこまでおぼえている？」と、カルフェシュ。

「ほとんどおぼえていない。わたしはこの道に沿って進んでいたが……それからどうなったのか。悪い夢をみた気がする。意味もわからないような」

「きみはおそらく深淵の縁でだれかを、あるいはなにかを見たのだ」カルフェシュは進んで答えた。苦悩に満ちた友の声が、必死で記憶をたどろうとしているように聞こえたから。「妄想に襲われたせいで、だれかが助けをもとめていると錯覚したのだろう。とにかく、岩場に駆けていこうとしたのだ。それをわたしが捕まえ、たいらな地面に連れもどした。そのあと、きみはわたしを攻撃し、セランの保安装置に麻痺させられた」

「わたしは、きみを……撃ったのか？」

「撃とうとしただけだ」

アラスカはしばし沈黙したのち、ようやく口を開いた。

「きみのいうとおり、引き返せばよかった。だが、もう遅すぎる」

「そうだな」

「そもそも、この環境がカピンによくないんだ。どうにかコントロールする方法がわかればいいのだが！」

「自動装置の反応は？」

「セランの？」アラスカはおもしろくなさそうに笑い、「いまのわたしの状況に当てはまるようなプログラムは入ってないよ。どうしたらいいのか、装置もまったくわからないはずだ」

　カルフェシュはしばらく考えこんでいたが、

「搭載艇はもう使えない」と、きっぱりいった。「のこされた可能性を探ろう。壊れた艇までもどり、残存エネルギーを駆使して仲間に救難信号を送るのだ」

「むだだね」アラスカは即座に否定。「ローランドレの地表はとてつもなく広大だ。ほかの搭載艇がまったくの偶然でわれわれの救難信号を受信することなど、考えられない。もし受信したとしても、かれらも自分たちの問題で手いっぱいだろう。救難信号がべつの未知生物をおびきよせる確率のほうがずっと高い。宇宙船のスクラップのなかに異人がふたりいたら、たちまち侵入者すなわち敵とみなされるぞ」

「ありうるな。そのほかには、ローランドレの奥につづくルートを探す手もある。そこに行けば、第一はカピン断片がおとなしくなるかもしれない。第二に知性体がいて、マシン類や宇宙船もあるはず。つまり、ひょっとすると銀河系船団に帰還できる可能性が見つかるわけだ。運がよければ、べつの偵察隊と出会うこともあるだろう。アルマダ工兵のあらたな動きもわかるかもしれない」

「結局のところ、それがこの作戦の目的だからな」アラスカはうなずいて、「このクレーターに内側へのエアロックがあると思うか？」

「そう確信している。見たところ、クレーター壁のなかには生命体が住んでいるようだ。ここの外側をきちんとととのえるのが仕事らしい。そのことからも、クレーターとローランドレ内部で連絡をとり合っているとしか考えられない」

「では、その生命体とコンタクトしよう！」

「それは感心しないな」カルフェシュはためらいを見せた。「異人がとっさにこちらを敵とみなすとは思えないが、どうも行動がかなり妙なのだ」

かれは自分の観察結果を報告し、異人のなかに二派が存在するということは、真の意味での同胞じゃないのかもしれないと述べる。それを聞いてアラスカも納得したが、やはり強い口調でこういった。

「いずれにせよ、異人の任務がクレーターのかたづけだというのはたしかだろう。あまり効率のいいやり方をしてないところを見ると、もうこのルートはたいして使われていないのかもしれない。それでも道は道だし、ローランドレ内部につづくのはまちがいないと考えるのが論理的だ。だが、このクレーターがエアロックの付属物だとすると、エアロックじたいはものすごく巨大な代物にちがいない。しかも、それはクレーターの最下部にあるはず」

「わたしもそういう結論に達した」カルフェシュが同意する。

「だったら、なにをぐずぐずしている？　下に向かおう！」

「遠い道のりだ。きみの状態がよくないではないか、友よ」

「いいか」アラスカはゆっくりと、「徒歩で行っても意味がない。どっちみち、異人がクレーター壁を管理しているんだから。かれらがもし、どんな異物もかたづけろと命じられていて、きみの思ったとおりに頭の悪い連中だとすれば、われわれのことも異物に分類して解体するかもしれないぞ。セランの装備を、使えるものはすべて使って進むんだ」

「もし探知されたら？」

「とっくにされているとも考えられるが、いまのところ、こちらを気にしていないじゃないか。壊れた搭載艇のことだってほったらかしだ」

「おそらく、こちらがまだだいぶ上のほうにいるからでは」

「それはわたしもそう思う。クレーター最下部のエアロックからなにが出てくるにせよ……とてつもない大きさにはちがいないが、この〝喉〟を通ってくるわけだ。クレーター壁はたしかにかなり急だが、ここ上方ではあまり正確な機動はできまい。われわれが下へ進めば進むほど、相手の抵抗も大きくなると予測される。問題は、一直線にクレーター最下部をめざしてきた生物あるいは物体に対し、相手がどう反応するかということ。下にエアロックがあるなら……あるのはまちがいないが……それはおそらく両方向に機能するはず。だとすれば、われわれが矢のごとく下をめざしたら、相手はどう思うだろうか？」

カルフェシュはなにもいわない。アラスカはつづけた。

「可能性はふたつある。こちらを、下へくる権限のある者だと考えるか、招かれざる侵入者とみなすかだ。前者の場合、われわれは好きに行動させてもらえてエアロックを探すことができる。後者ならば、相手はこちらを撃とうとするかもしれない。だが、それは実際にはありえないと思う」

「なぜ?」カルフェシュは興味をおぼえて訊いた。

「そんなことをするくらいなら、奇妙な宇宙船をそれほど手間ひまのかかるやり方で解体したりしない。船が墜落するあいだに撃ち落としていただろう。せめて高性能な分子破壊銃の数挺《ちょう》くらい、装備しているはずだ……それが必要ならば。思うに、クレーター壁には自動兵器がそなわっていて、本当に大きなものが落ちてきたら作動するんじゃないだろうか。で、比較的ちいさな物体の場合は、異人たちに処理がまかされる」

「それは非論理的だ。もしそうなら、落ちてくるものにはなんだって兵器を投入するはず。異人の存在はまったくよけいだろう」

「そうかもしれない。だが、ローランドレに闖入《ちんにゅう》者があらわれる確率はどれほどのものだと思う? いまになってはっきりしてきたが、この内部ではなにかが本来あるべき姿とちがっているんだ……それでもわれわれ、ここまでたどり着くのに苦労したがね。考えてもみろ、カルフェシュ。すこし前まで、招かれざる侵入者はきっといなかったはず。万一ここに属さないなにかがクレーターに着陸するとしたら、それは不運な事故によるものだ。異人がとてもていねいに宇宙船を解体していたといったな。それを見てなにも思いつかなかったか？　つまり、ローランドレにはいままで恐れるものがなかったんだ。防衛保安処置があるのはたしかだが、ありきたりの攻撃に対処するものであるはずがない。もしそうなら、われわれはとっくに原子にまで分解されていただろう。

さらに、異人ということに関していえば……無限アルマダには無数の種族がいる。外にいた者たちはもしかしたら、以前はもっと重要な任務にたずさわっていたのかもしれない。時がたつにつれ、ほかのことに使われなくなって、いまや一種の清掃隊となったんだ。そうにきまってる！　かれらはアルマディストとしての任務を遂行している。対するわれわれは偵察隊で、その任務はローランドレを調査することだ。任務遂行のためには異人たちを出しぬかないと。クレーター最下部まで飛翔していこう……ただし、ふたりいっしょでなく、別々に同調して動くんだ。そうすれば、異人だけでなく、自動兵器システムも混乱させることができる。そんな装置があるかもしれないからね。了解したか？」

カルフェシュはとまどったようにアラスカを見た。セランにつつまれたその姿は、まっすぐ立っているのもむずかしいようだ。ヘルメットの奥の顔は青白く無表情だし、ヴァイザーの反射のせいでひずんで見える。

「ずいぶんよくしゃべるな」と、考えこみながら応じた。

「そうか？」テラナーはちいさく笑い、

「いつだってもうすこししゃべりたかったんだ。なのに、そうできなかっただけだよ」

友が語った内容について考え、ソルゴル人は不安をいだく。アラスカ・シェーデレーアのことをよく知っていると思いこんできた。しかし、目の前の青瓢箪は自分の知らないまったくべつの、複雑な性格の持ち主だ。

今後しばらくのあいだ、友のようすを注意してみていよう。カルフェシュはそう心に決め、こう応じた。

「わかった。やってみよう」

5

ローランドレには昼夜の区別がない。つねに一様な明るさのもとにあるため、いつ出発しても同じことだ。カルフェシュはアラスカ・シェーデレーアを介助してトンネル出入口まで行くと、かくれ場を出て、斜路に沿って急いだ。かなり進んだところで岩壁のそばにかがみこみ、クロノグラフを確認。とりきめた時間になったので、ついに深淵へとジャンプする。

アラスカがあらわれないかと無意識にうかがうが、姿は見えない。べつに不思議ではなかった。テラナーはカルフェシュがジャンプするたび、数秒後につづいてきているはず。こうすることで敵を攪乱《かくらん》できるのではないかと、ふたりは期待したのだ。とりわけ通信は封止状態をたもち、墜落しない程度に最小限のエネルギーを使って制動をかけることにしていた。

アラスカの計画が実際にうまくいったのか、こちらが思っていたよりも敵はあまり注意深くないうえに技術装備がお粗末なのか、カルフェシュはなんの問題もなく降下していった。じゃまはまったく入らない。途中で着地する斜路の周囲はつねにエアロック扉が閉まったままだった。こうしたエアロックは、クレーターの深部に行くほど数が多くなってくる。また、クレーター壁にも明らかに加工の跡が見られるようになった。扉にはレリーフがほどこされ、斜路はしだいに細くなり、低い位置にある胸壁から巨大な柱が伸びだして一種のトンネルになっている。トンネル壁がクレーターをつらぬくかたちだ。柱は下に行くほど幅ひろくなり、ついには銃眼のようなせまい開口部から、傾斜がゆるやかになったのがわかるだけになった。そこには多数の階段が見える。屋根のついたものとついてないものがあり、岩棚からバルコニーのような踊り場が突きだしている階段も多い。そのいくつかにカルフェシュは着地し、とりわけ凝《こ》った装飾のしてあるエアロックを不審な目で観察してみた。しかし、だれかが自分を捕まえに出てくるようすはない。

　ついに、クレーター最下部に到達。ここにはもうそれほど光がない。赤みがかった薄明かりが、あたりをいっそう荒涼かつ不気味に見せている。

　カルフェシュが立っているのは、とてつもない大きさの円形平面だった。まったくの無人だ。上ではたしかに動きが感じられたが、いまは近くにだれも見えなかった。下は完全に一様な面で、石ころひとつ落ちていない。岩棚の近くでさえ、ほうきで掃き清めたかのようである。唯一のアクセントは、円形平面を縁取る巨大な門の数々だ。見たところ、たんに半円形のくぼみという印象をあたえる。奥行きは一メートルほどだが、高さと幅は五十メートルはあるだろう。ぱっと見れば、これもただの装飾だと思うかもしれない。だが、カルフェシュは実際に門であると確信した。アラスカとのとりきめどおり右に方向転換し、この構造物のそばを通ったさい、数分間しげしげと観察して、まちがいないとわかったのだ。

岩棚と平行に進んでいくうち、いぶかりはじめた。なぜアラスカの姿が見えないのか。もしかしたら、まだ脚のぐあいが悪くて歩けず、門のアルコーヴのどこかで自分がくるのを待っているのかもしれない。

ソルゴル人はゆうに二時間かけて五つの門を見てまわったが、アラスカのシュプールはどこにもなかった。ヘルメット・テレカムを受信モードにしてみたものの、息づかいすら聞こえない。思いきって、一瞬だけ送信に切り替える。

「アラスカ、応答しろ！」

しばらくじりじりと待つが、返事はない。

さらに三つの門を見てまわり、カーブを描く岩棚をじっと眺めたのち、カルフェシュは結論を出した。自分はアラスカがいるはずのセクターからかなり遠くはなれてしまったようだ。

門のひとつに身をかくし、いっしんに考えをめぐらせる。

もちろん、アラスカがここにくる途中でなにかに出くわしたということも考えられなくはないが……まずありえない。自分のほうはすんなり降下してきて、ひとりの異人も見かけることはなかった。万一アラスカが運悪く異人の一団のどまんなかに着地してしまったとしても、みじかいシグナルで知らせてくるくらいの時間は充分あったはずだ。ふたりとも通信機をそのようにセットしたのだから。直接やりとりはしないが、つねに受信状態にしてある。

カルフェシュははっとした。通信機のことを提案したのはアラスカだったのだ。カルフェシュが先行するというのも、アラスカがいいだしたこと。

ソルゴル人は友と最後にかわした会話を思い起こし、できるだけ細かく分析してみた。それから、かくれ場にしていた門をはなれ、クレーター壁に目をやる。がっかりしたし、怒りもおぼえた……テラナーにではなく、自分自身に対して。アラスカはわたしをうまく封じこめたわけだ。最初から、こっそり逃げだして単独行動する計画だったのだろう。で、まんまと成功したのだ。

これは本当にカピン断片が考えだした策略なのだろうか？　あるいは、なにかべつのものが背後にあるのか？

答えは出ないが、いまとなってはどうでもいい。カピンはこれまで何度も、あの手この手でおのれの宿主を亡き者にしようとしてきた。これでもう、アラスカがおかしな行動に出ないよう見張れる者はいない。テラナーは上のどこかにいて、狂った組織塊のインパルスになすすべなく身をゆだねている。

カルフェシュはアラスカが岩場で奇妙なふるまいをしていたことに思いいたり、友の居場所がわかった気がした。おそらく、まだトンネルのなかに潜んで、ふたたび例のなにものかがあらわれるのを待っているのだろう。

可及的すみやかに上へ行かなければ！

いつのまにかテラ製防護服のあつかいにも慣れていたので、あれこれ悩まずとも必要なスイッチを操作できる。浮遊し、上昇しはじめた……が、たちまち中断する。いま通りすぎたばかりの門が、真空のなかで音もなく開いたのだ。そこからやはり音もなく、輝くらせん状の物体があらわれ、ソルゴル人に向けられた。

このらせん装置がどういう作用を持つのかわからないが、ためしてみる気などない。急降下し、最後の瞬間に墜落を食いとめると、念のため、すこしわきに走った。それから岩棚に身をぴったりくっつけて、門のほうをうかがう。

らせん装置が動きだした。すばやく逃げ去った敵を探すかのように旋回をはじめ、その円運動がどんどん大きくなる。数秒後、振動しながらふたたび直立すると、引っこんで、門が勢いよく閉まった。あまりに速い動きで、カルフェシュは、扇形の開閉セグメントが大きな音をたてるのが聞こえたような気がした。

自分の勘ちがいであったら、というのが、カルフェシュの唯一の希望だった。もしかしたらアラスカはこちらを追ってきたものの、カピン断片に動けなくされるか、あるいはまた熱に浮かされているかして、広大なクレーター底のどこかでなすすべなく横たわっているのかもしれない。そう思い、さらにいくつか門を見てまわったり、思いきってかなりの距離、円形平面の上を進んだりしてみた。だが、見つからない。ソルゴル人はとうとう、探すのを断念。アラスカ・シェーデレーアはここにはいないと確信する。

＊

カルフェシュは一度自分が選んだ方向をずっと進んでいた。だが、周囲の風景が単調なため、すぐ道に迷ってしまいそうだ。かれが〝銃眼〟と名づけたものはクレーター底の上、百メートルほどまでしか見えないが、あまりに数が多いので、円形平面をずいぶん歩きまわってようやく、一様な線に見おぼえのある場所にやってきた。そこに開口部があって、斜路につづいているはず。斜路がはじまると思われるところをめざして進む。だが、そこには継ぎ目のない岩壁があるだけだ。

ソルゴル人はしばし茫然と立ちすくみ、隣りの門に目をやった。五十メートルほどしかはなれていない。反対側の門までは二百メートル近く距離がある。岩棚からすこしはなれ、ふたつの門のほぼ中間点に向かうと、おそるおそる登ってみようとした。〝銃眼〟の幅は二メートルくらいあるので、そこから斜路に出られれば、上へのルートが見つかるかもしれない。ところが、すぐに両方の門のなかに例のらせん装置が見えた。あわてて身を伏せる。

このやり方でクレーターを脱出するのは無理らしい。門そのものを突破するしか方法はないようだ。このなかに入っていくと思うと抵抗があるが、らせん装置が〝屋外〟で動く対象に狙いを定めているのはたしかだ、と、自分にいいきかせる。

気がつけば、疲労困憊《こんぱい》していた。すこし休憩しなくては。しかし、このおかしなクレーターで休むつもりはない。ある程度は知性体が手作業で清掃するにせよ、この平面はあまりに広大だ。きっと、落ちてくる岩ブロックを荒っぽい方法で除去するシステムがあるはず。性能の低い自動装置ならば、岩ブロックも眠っているソルゴル人もたいして区別できないだろう。よくわからない清掃マシンにかたづけられてしまうのはごめんだった。

斜路の終点にもっとも近いと思われる門へ行くと、反重力装置のスイッチを入れてから、即座に切った。たちまち門が開いて、例のらせん装置が登場。旋回をはじめたものの、すぐにがくんと動いて引っこむ。そのあいだに、カルフェシュは徒歩ですばやく門のなかへ滑りこんだ。

息をひそめて一分間ようすをうかがったが、なにも起こらない。そこは真っ暗な空間で、当然ながら真空だった。らせん装置はしばらく赤熱《せきねつ》していたが、やがて見えなくなる。カルフェシュは必要ならすぐにまた消すつもりでヘルメット・ランプをオンにした。

しかし、直接らせんに向けて光をあてても、作動する気配はない。周囲を照らしだしてみると、らせん装置は非常に巨大な構造物で、門の奥の空間をほぼすべて占めていた。

もしこれが武器で、セランの反重力インパルスに反応して作動したのだとしたら、ローランドレの要員はどんなときも大砲でスズメを撃つことになる。とても信じられない。このらせんがどういう目的を持つにせよ、ソルゴル人ひとりを狙うには大げさすぎるのではないか。

ランプの光芒をさらに奥のほうに向けたところ、もうひとつ門があるのがわかった。同じく半円形だが、ややちいさめで、ローランドレの内部につづいているようだ。その近くにコンタクト・プレートがある。押してみると、門が開いた。そこはひろいエアロック室だった。

カルフェシュはほっとしてなかに入り、すみにかくれ場を見つけた。ここならエアロックの向こう側から見られても、すぐには発見されまい。しばし休憩して英気を養うことにした。

＊

エアロック室に気体が満たされていく。その分析結果をソルゴル人はどきどきしながら待った。経験上、無限アルマダ内の種族の多くは酸素呼吸をするはず。せめてすこしのあいだだけでもセラン防護服を脱げたら、どんなにありがたいか。しかし、あいにく〝クレーターの民〟は、酸素呼吸生物がおよそ受けつけない大気組成を好むことが判明した。

文句をいってもしかたない。内側エアロック扉が開くと、緊張ぎみになかをのぞいてみた。

エアロック扉の向こうはみじかい通廊になっている。真っ暗だ。そこからややひろめの道につづく出入口があり、ぼんやり照明されている。カルフェシュはおそるおそる前に踏みだした。ところが、ふいに通廊のまんなかでなにかにぶつかってしまう。自動センサーが伝えてくるその感触は、繭《まゆ》のようにやわらかい。かれはいらだたしげにヘルメット・ランプのスイッチを入れた。

それは実際に繭だった。銀色の繊維でできていて、通廊の壁にくっついている。全長二メートル半くらいで、下のほうはかなり幅があるが、上はずっと細い。いぶかしく思って観察するうち、カルフェシュは気づいた。この物体はたしかに、クレーターの管理を担当していたあの生物とかたちが似ている。外側マイクロフォンを介して、かさかさいう音が伝わってきた。ときどき、ぴいぴいと声もする。繭のなかから聞こえてくるようだ。

これはどういうことだと考えていると、大勢の者がちょこまか歩く音と甲高《かんだか》いしゃべり声が近づいてきた。急いで周囲を見まわすが、この通廊にはかくれる場所がどこにもない。急いでエアロック室にもどる。そこでは扉をほんのわずか開けておいた。

危機一髪だった。数秒後にはもう異人が七名、角を曲がってやってきた。

外の斜路にいた者たちとくらべると、こちらのほうが若干ちいさい。平均身長は一メートルほど。だが、まるみを帯びた下半身のかたちと、そこから上半身がつづいて細くなっているのは同じだ。均等に配置された四本のみじかい脚をものすごく速く動かして、ほとんど滑るように移動している。上半身と下半身のあいだに触手のような腕が二本。頭部に当たるところにはちいさな感覚器官が、見たところてんでばらばらについている。皮膚は明るい色で、ざらざらした感じだ。

おかしな異人七名は繭に近づいていった。盛大な身ぶりをまじえ、ひっきりなしにしゃべっている。まちがいなくアルマダ共通語だが、大騒ぎしているのでひと言も聞きとれない。

かれらは繭をぽんぽんとたたきまわったすえ、全員で歌を口ずさみはじめた。よかれと思ってのことなのだろうが、ソルゴル人にはひどく調子はずれにしか聞こえない。さいわい、歌はすぐに終わり、やがて完全な沈黙が訪れた。

「まだ早すぎたんだ！」と、いきなり異人の一名がはっきりした声でいった。べつの者が〝しずかに！〟というしぐさをし、さらに待機時間はつづく。すると突然、繭を破って触腕が飛びだした。あまりに急で、カルフェシュにもよくわからないあいだの出来ごとだった。次の瞬間、まるまるした腹とみじかい脚を持つ生き物が二体、くぅくぅ鳴きながら床に落ちてきた。

見守っていた七名よりさらに小型だが、それでもうまく立ちあがると、細い上半身を前後に大きく揺らしながら、ちっぽけな触腕で同胞たちのほうに手探りしてくる。七名はちいさい仲間をやさしく抱きあげ、安心させるようになでると、いっしょにその場を去っていった。

カルフェシュはいま見た光景をまだうまくのみこめずにいた。もしかしたら、あの二体はたんに異人の子供世代に属する者で、かくれんぼをして遊んでいただけかもしれない……だが、もっとなにか大きな意味があるはずだという気もする。

用心しながら繭に近づき、破れ目からなかをのぞいてみた。全長の半分くらい、ちょうど上に向かって細くなるあたりの場所に、明るい色のざらざらした材質でできたくぼみがある。注意深く表面に触れてみると、センサーがやわらかく温かい感触を伝えてきたが、それはすぐに冷たくかたい感じに変わり、すこし強く押したら崩れた。そこから下の部分の繭はもっと黒っぽい層につつまれているが、やはりゆっくりと崩れはじめた。

ぜんぶ粉々になってしまうのも時間の問題と思われる。

カルフェシュは考えにふけりつつ、そのようすをみていたが、やがて異人の子供たちが消えた方向へ目をやった。

いいや、この謎を解くのはあとまわしだ。最後にはそうきっぱり決めた。外の斜路へ出るルートを見つけなければならない……上でアラスカ・シェーデレーアを探すことに、わずかでも意味があるならの話だが。

ところが、目的の方向へ進んだところ、ひどくにぎわっている道に突きあたった。数百名の異人が行き来して、ありとあらゆる品物をあっちへこっちへ運び、物々交換をしている。なかには、ただおしゃべりしている者もいる。どうにか迂回しようとしても、ますます混雑のなかに入りこむか、いずこへつづくともわからない暗い通廊に迷いこんでしまうかだ。あやうく見とがめられそうになったことも何度かあり、ついにかれは決心した。とりあえず、いったん後退しよう。ローランドレの地上では昼夜の区別はないとしても、ここ、地下の洞窟世界では事情が異なるかもしれない。運がよければ、数時間後にはこの同じ道も人けがなくなってしずかになり、安全に通れるようになるだろう。

それに、解決すべき問題がもうひとつある。ここ地下には、本来のローランドレ内部につづく入口があるにちがいないのだ。

カルフェシュは確信していた。このひろいクレーター底こそ、巨大エアロックそのものであると。ローランドレの要員がこの巨大エアロックをなんのために必要とするのか、考えたこともないが。それでも論理的に見て、クレーター内部に滞在する者たちとクレーターの民のあいだにもうひとつ、より目立たない接触手段があるはずだという気がする。そして、その手段はどこかこの近くにあるにちがいない……斜路の終点に。

＊

カルフェシュはまず、この洞窟迷宮に足を踏み入れた場所からとりくむことにした。繭があった通廊にもどり、その後どうなったか、誘惑に勝てずに見てみる。思ったとおり、繭は完全に崩壊していた。床にはわずかに塵がのこるだけ。

ということは、やはりあれはかくれんぼではなかったのだ。すべての状況からわかるのは、異人の一成体がこの通廊で自分をつつみこむ繭をつくったということ。その成体の残存物はなにものこらないものの、しばらくすると、繭のなかから二体の新生児が出てくるのだろう。どういうしくみなのかはまた別問題だが、カルフェシュはまちがいなく誕生の瞬間を目撃したわけだ。

ひろい道に出ると、右に向かった。そこはさいわい、ずっと往来がすくなくて、ほんのたまに姿をかくすだけですんだ。照明のないみじかい通廊が多く、かくれ場は無数にある。道はつねに下り勾配で、やがてだれとも会わなくなった。クレーター底より下層にあるルートはどれもほとんど使われていないらしい。ちなみに、それらがまったく手入れされていないことも、カルフェシュは突きとめた。天井の照明プレートは数も乏しく、ちらついたり光が薄暗かったりして、完全に脱落しているものもある。床には埃が積もっているし、一定の間隔で分岐するみじかい通廊には山のようにがらくたが置かれていた。こうした通廊のファサードになっている扉も、多くははずれ、ななめにかしいでいる。

カルフェシュはその奥にある部屋のひとつをのぞきこんだ。埃まみれの壊れかけた調度は、クレーターの民の用途に合うものだ。瓦礫《がれき》のなかをうろついてみたが、価値のありそうなものはすべて、かつての居住者が持っていったらしい。それでもひとつ、わかったことがあった。この部屋に住んでいたのはせいぜい二、三名のようだが、全員が同じ大きさだったと思われる。より小型の異人の用途に合わせたようなものは、どこにもない。ところが、ほかの部屋を調べたところ、そこにあったのは、この種族の子供サイズの調度品ばかりだった。

異人が家族単位で暮らしていないことは明らかだ。おそらくそうだろうと、カルフェシュは心のどこかで予感していた……あの、新生児二体を迎えた者たちは、種族の子供集団だったのである。

さらに先へと進んでいくと、クレーターの民がこの場所を自由意志で引きはらったわけではないという最初の証拠が見つかった。セランの装置が放射性物質の存在を知らせてきたのだ。短時間だけ滞在するぶんにはさして危険はないが、ここで生活時間のほとんどをすごすことになる住民にとっては、明らかに強烈すぎる値《あたい》いである。

カルフェシュはルーチンのごとく一定の間隔をおいて部屋を見てまわったが、住民たちは放射線の危険を認識していたようだ。あわてて退去したようすが見てとれる。本来なら持って出るだろうと思われる品物がたくさん、そのままになっていた。〝子供部屋〟には変わった形状の玩具がのこっていたし、べつの部屋には大きなキャンバスが置かれ、なかば色あせた描きかけの絵があった。

カルフェシュはその絵に釘づけになり、長いこと眺めた。

上の縁のほうは絵の具が剝がれ落ち、もう色もわからないが、黒く太い輪郭がのこっているので、なにを表現しようとしたのかはわかる。しかし、この環境に対するクレーターの民の認識方法があまりに異質なため、重要なものと二義的なものを見分けるのに時間を要した。ようやくそれができると、この絵をすわってじっくり鑑賞してみたくなった。

いまは、まるで自分がその絵を描いたように見ていた。広大なクレーター底が目の前にある。多くの門が開き、そこから複数のらせん装置がせりだしてきて、斜路では数えきれないほどのクレーターの民がこのショーを見物している。らせん装置からほとばしるビームが、なにかとてつもない一物体に命中する。物体は押しだされ、未来永劫まで明るいローランドレの〝天〟に昇っていく……

その物体だが、名も知らぬ画家がよくわからない意図をもってシンボル化しているため、カルフェシュには解析困難だった。だが、すべての阻害要因を意識から押しやることによって、最後にはそれがなにを表現しているのか把握できた。

これほど巨大なエアロックがなんのために必要だったのか、ようやく腑に落ちる。その認識を先に進めていくチャンスがあればと祈るばかりだ。

不可解な絵に描かれているもの……クレーターの民が驚きと畏怖の念をもって見守るなか、らせん装置のビームによってローランドレの外へと昇天していく物体……は、無限アルマダの謎めいた構造物〝クラスト〟にちがいない！

セラン防護服のアラームが鳴った。放射線の数値が高くなってきたのだ。防御バリアを張れという指示だが、とんでもないとカルフェシュは思った。見つかるわけにはいかない……いまはまだ！　警告を無視して、さらに道をくだっていく。セランの保安処置は人間用に設定されているはず。自分は人間じゃないから、だいじょうぶだろう。

しばらく行くと、奇妙な見た目の遺体の数々に遭遇した。逃げ遅れたクレーターの民らしい。ますます放射線が強まってきたため、不本意ではあったがバリアを展開する。

やがてエアロックに到達。触れるなとセランが警告を発したが、それでも扉を開けた。

一瞬だけリスクをおかして向こうをのぞき、すぐにまた閉めると、きた道を大急ぎでもどる。最短距離を通り、バリアのいらない区域へ帰りついた。

いまや……アラスカ・シェーデレーアが心配だという以外にも、もうひとつ……上へもどるもっともな理由が生じたわけだ。なんとしてもこのクレーターを去らなければならない。さらに、どれほど望み薄に思えても、ローランドレ内部へつづくべつのルートを探さなくては。とにかく、ここにある道はもう使えない。

クレーター底の地下には、巨大施設にふさわしい巨大エアロックが接続している。かつてこの区域一帯には、あらゆる危険対策のほどこされたルートがあったにちがいない。いっぽう、このエアロック区域と本来のローランドレ内部のあいだには、防御された安全ゾーンが存在するはず。そう考えないと、核火災がしだいにローランドレ全体に拡大しなかった理由は説明つかない。カタストロフィの影響がおよんだ場所はかぎられているのだから。しかし、その安全ゾーンにいたる道が見つからないのだ。エアロックはもう長いこと通れなくなっている。これからも将来的にローランドレからクラストを送りだすには、あらたな道をつくらなければなるまい。

カルフェシュはさっき見た絵のことを考え、いまもクレーターでせっせと異物のかたづけをしている生物に思いをめぐらせた。

かれらは自分たちの作業にまったく意味がないと知りながら、やっていたのだろうか？　それはあるまい。だったら、なぜだれもとめようとしないのだろう。あの熱心な者たちに、いくらやってもむだなことをさせるなんて、ひどい話だ。それとも、たんに忘れられてしまっただけなのか？

ローランドレはとてつもない規模を持つ施設だ。自分たちの出自ももう思いだせず、意味もわからないまま任務にはげんでいる種族が、ほかにもたくさんいるだろう。だが、クレーターの民を覚醒させるのは自分の役目ではない。そう思うと、カルフェシュは物悲しくなった。覚醒させられるかどうかも非常に疑わしいが、たとえそうできたところで、かれらはいったいどうすればいいのだ？

しかし、ほかにもできることがあるかもしれない。かれらはきっと、もう長いことローランドレ内部の住民とコンタクトしていないはず。自分はそこからきた使者だと、かれらに信じこませられるのではないか。使者として任務をあたえられるかもしれない。その任務とは、いまのところ独力では解決できないとわかった問題にとりくむこと……つまり、この巨大なクレーターのどこにアラスカ・シェーデレーアがいるか、探りださせるのだ。

カルフェシュはカタストロフィの現場で受けたショックを振りはらい、上に向かうことにした。エアロック区域の上方、大勢の生物でにぎわっていた洞窟へと。

6

アラスカ・シェーデレーアは実際、カルフェシュのあとからクレーター底へ降下することはせず、まだトンネル内にとどまっていた。ローランドレも、下のどこかにあるはずのエアロックも、クレーターの民も、いまはもうどうでもいい。ひとりになって、あの幻の人物がまたあらわれるのを待っていたかった。絶対にまたあらわれるにちがいない。

そういうわけで、岩ブロックの陰にかくれ、がれ場のほうをじっとうかがいながら、体内のカピン断片がくりひろげる妄想に身をまかせている。

頭のなかを奇妙な思考が踊りまわっていた。すこしのあいだ、自分が見つめているのはがれ場ではなく、花の咲き乱れる草原だという気がした。ほんの半メートル前に小川があって、なめらかな石の上を水が流れている。喉の渇きをおぼえたが、ヘルメットをはずして水を飲もうとすると、セラン防護服の警告によって阻止される。その瞬間、幻影は消えた。

ひょっとしたら、しばらくどこか辺鄙《へんぴ》な場所に引っこんだほうがいいのかもしれない、と、ぼんやり考えた。自分を知る者がだれもいないところ……もっといいのは、ほかにだれも住んでいないところ。

この考えは気にいった。空想がふくらんでいく。そんな場所に隠居小屋を建てて、野菜畑をつくるのだ。陽光と風のなか、青白い顔は日に焼け、こわばった顔立ちも変わるだろう。そうしたら、いつかはふつうの人間の外見になり、文明社会にもどれるかもしれない……

「で、《バジス》に入ったとたん、指をさされてこういわれるのだ……〝あれがマスクをなくした青瓢箪だ〟と！」

カルフェシュの声だ。向かい側の岩の上にソルゴル人がすわっている。それを見てもアラスカはもう驚かなかった。

「それは、わたしがどれくらいのあいだ姿を消しているかによるさ」と、応じた。「時間がたてば、みんなそんなこと、おぼえていないだろう」

「きみをおぼえている者はつねにいる。それはともかく……カピン断片のことを忘れているぞ。辺鄙な場所に引っこんだら、どうやって断片を除去するつもりだ？」

「わからない」

そのとき、からだじゅうに電撃を受けたような痛みがはしった。ふたたび周囲が見えるようになると、カルフェシュの姿は消えていた。

「幻影と話をしていたのか」と、ひとりごちる。「いまいましいカピン断片が、相いかわらずわたしを狂わせている」

立ちあがり、かくれ場のすぐ近くに見えた小道に足を踏み入れた。ところが、足もとにあるのは道ではなく、不安定な岩塊だった。それが自分の重みでぐらつきはじめる。アラスカは急いでジャンプし、安全を確保すると、息をはずませながらトンネル後方の壁ぎわに逃げこんだ。

一瞬、自分が危険のただなかにいることを認識する。ありもしないものを見ているのだ。小道はもしかしたら何メートルも先にあるのかもしれない。あるいは、実際に岩のすぐうしろにあるのかも。さっき見た不安定な岩塊は、ひょっとして空想の産物か。いまよりかかっているトンネル壁だって、幻想にすぎないのかもしれない。

壁に手を突いて起きあがり、ここで起きている出来ごとが現実なのか幻なのか、判別しようとした。トンネルに岩……これらは現実のものだろう。もうかなりの時間この場所にいて、記憶にあるものだから。それとも、これも思いこみなのか？　自分はすでに下へと墜落している途中かもしれない。それなのに、安全な場所にいると思いこんでいるのか。そう、セランだ！　防護服の表示を見れば、かたい地面にいることがわかる。だが、それを確信していいのか？　脳がわたしにそう思いこませようとしているのでは？

もうなにも、だれも信じられなかった。なかでも自分がいちばん信じられない。早くこの場を去らなければ。問題なく安全とはいえないし、それをべつにしても……ここにいたら、だれにも見つけてもらえない！

いきなりパニックが襲ってきた。アラスカは考えなしにトンネルから走りでる。足もとで岩がぐらついたが、セランのおかげで滑落せずにすみ、ぶじに小道に着地した。その表面を両手でさわってみて、まちがいなく現実の道だと確認する。

ここまではいい。次は搭載艇にたどり着かなくては。いまの自分にとって安全な場所はそこだけだ。搭載艇に行かないと、だれかが発見してここから連れだしてくれるという希望は持てない。

アラスカは岩場のほうに向かうことにした。それが正しい方向のはず。ところが、数メートル進んだところではげしい痛みを感じ、意識を失ってしまった。

＊

夢をみていた。あの謎めいた人物がふたたびあらわれ、こんどは話しかけてくる。

「苦しいのね。あなたを助けたいの」その声はやさしい。

「なぜ？」アラスカは驚いて訊いた。

「理由なんていらないでしょう？　ずっと昔……あなたの時間基準でだけど……あなたはわたしを助けようとしてくれた。わたしの種族は友のことを忘れないものよ、アラスカ・シェーデレーア。でも、あなたのもとへ行くのはとてもむずかしい。あなたのいる場所には、いつもわたしを押しもどしてしまう力がある。だから、あなたが夢をみているときにしかコンタクトできないの。わたしがいい方法を探すから、それまで辛抱して待ってて」

この瞬間、自分が夢をみていると気づいて、アラスカは笑い声をあげ、

「もちろん待つさ……また狂った夢をみるときまでね」と、皮肉な口調で約束した。

「近ごろは本当におかしな夢ばかりだ」

その人物はなにもコメントせず、すぐに消える。目がさめたアラスカは、自分が網にかかっていることを知った。網はメタリックな糸でできていて、ゆるく編まれたハンモックにどこか似ている。頭上にあるのは、どこまでも一様にやわらかく照らされたローランドレの〝天〟だ。こうべをめぐらせると、不格好な宇宙服姿の者が数名見えた。クレーターの住民だ。ハンモックの網目に、メタリックな糸を縒《よ》りあわせたザイルが結びつけられている。かれらはそれを持ち、宇宙服の装備の古色蒼然《こしょくそうぜん》としたノズルパックから炎を噴きださせ、かろうじて〝獲物〟が下に墜落しないよう、がんばっているのだ。

アラスカは一瞬、逃げようかと思ったが、そのときまた痛みの波が襲ってきたため、

現状と起こりうる結果について考えるどころではなくなってしまった。

ようやくわれに返ったのは、異人がかなり乱暴に斜路に着地したときだ。かれらは獲物を網に巻きこみ、開口部に引きずっていく。アラスカは観察の時間が充分あったので、いまいるのはクレーター壁の半分ほどの高さの場所だと確認した。それから円形のエアロック扉が閉まり、視界がさえぎられる。

エアロック内部には光源が二ヵ所しかなかった。それが壁にちいさなふたつの円を描いているだけで、あとは真っ暗だ。だが、円はしだいに大きくなり、最後は空間全体が鈍く照らされる。エアロック内が混合ガスで満たされたことをしめすのだろう。しゅうしゅういう音が聞こえなかったのでアラスカは不思議に感じたが、やがて外側マイクロフォンを切っていたことに気づき、スイッチを入れる。

そのとたん、甲高いしゃべり声が耳にとどいた。最初はひと言も理解できなかったが、やがて異人がアルマダ共通語を話しているとわかる。かれらは獲物をどうするかについて、あけすけに話し合っていた。そのあいだに内側エアロック扉が開き、アラスカは相いかわらず網に巻かれたまま、照明のやや明るいトンネルへと引きずっていかれた。これもまた、おかしな夢なのかもしれない。そう思ったので抵抗はせず、ようすをみることにした。とはいえ、異人が好む混合ガスが自分にはまったく合わないというのは確認したのだが。

異人たちは不格好な宇宙服をエアロックで脱いでいたが、それでもやはりおかしな外見だ。しかし、これも夢が生みだしたものなのだから、驚くことなく受け入れよう。

奇妙な獲物は注目の的となった。いくつかあるもよりの通廊から大勢の異人が押しよせ、セランにつつまれたテラナーをじろじろ観察しては、あれこれコメントする。

「死んでるのか?」というのが、いちばん多い質問だった。運搬人たちはそのたびに、

「いや、生きてるみたいだ」と、答える。すると群衆は捕虜の運搬にますます興味をかきたてられ、あっという間に行列ができた。そのとき突然、ひとりの異人が前に進みでてきた。全身、疣《いぼ》に似た突起におおわれている。かれは触腕を伸ばすと、アラスカのほうをさししめした。

運搬人がいきなり立ちどまり、群衆は最大限の敬意をこめてあとずさる。

「この者を網から解放しろ」疣のある異人が命じた。

運搬人たちは大あわてでしたがう。アラスカは用心深く起きあがった。

「きみはだれだね?」と、疣のある異人。

これも夢だろうと思ったアラスカは、まともな答えを返す気はない。そこで、こう答えた。

「テラナーだ。人間ともいう。転送障害者と呼んでくれてもいいし、青瓢箪でも、マスクをなくした男でもいい」

「防護カバーを身につけているな」と、クレーターの民。「脱いでもらえないか。そうすれば、きみの真の姿がわかるから」

「そうはいかない！」アラスカは抵抗した。「ここの空気に触れたら、わたしは即座に死んでしまうんだ。あんたの名前は？」

群衆が妙にざわめきはじめた。多くの者がさらにあとずさるなか、疣のある異人だけは微動だにせず、真剣な声音《こわね》でこういった。

「われらの種族では、他者の名をたずねることは不作法とされている」

「すまない」テラナーは謝罪した。「かくしたがっているのを聞きだそうとしたわけじゃないんだ。話しかけるさいにどう呼べばいいかと思っただけで」

「それなら話はべつだ」疣のある異人は譲歩する。「わたしのことは〝じきに生まれ変わりくる老いた者〟と呼んでくれ」

「ちょっと長すぎるな」と、アラスカ。なにもかもが、ますます夢に思えてきた。「その概念は、そちらの言語だと〝ユガフ〟というような音になる。そう呼んでもいいか？」

「かまわん。では、きみのことはなんと呼ぼう、多くの名を持つ異人よ？」

「アラスカ」

「変わった名だ」

「そうかもしれないな。たしかにわたしは、わが種族のなかではふつうじゃない例だから」

「なぜ?」

「それが説明できたら、いまかかえている問題もすこしかたづくかもしれないんだが」と、適当な答えを返す。そのとき突然、ユガフの隣りに例の白い衣装をまとった人物があらわれた。ということは、やっぱりおかしな夢のなかの出来ごとなのだ。そう確信したアラスカは、その人物のほうに向きなおり、たずねた。「そもそもわたしは、なぜこれほどふつうじゃないんだろう?」

「ちょうどペドトランスファーの最中だった一カピンと衝突したから」すぐに答えが返ってきた。「送り出し・受け入れ転送機のあいだで衝突し、その事故から生還したものの、カピンの断片が肉体に融合してしまったから」

「いま聞いたとおりだ」アラスカはユガフにいった。

「いや、わたしにはなにも聞こえなかった」と、疣のある異人。いつのまにか、群衆も興味深げにこちらに近づいてきていた。「いったいだれと話していたのだ?」

白い服の人物は、相いかわらずユガフの隣りにいる。

「あれが見えないのか?」と、アラスカ。

「見えない」

「そりゃそうだな。たぶん、この世に存在しない者だから。よりによって、いまここに姿を見せるわけがない。きっと亡霊かなんかだろう」

ユガフが両の触腕をこちらに伸ばしてくる。アラスカは思わずあとずさったが、相手はおだやかにこういった。

「恐がることはない。きみは次の〝期〟に入るさいに迷ってしまい、保護と助けを必要としている。亡霊があらわれても逆らわないことだ。そうすれば、恨まれたり危害をくわえられたりすることはない。相手に道を譲れば、夢の迷宮から連れだしてもらえる。それできみの願いは満たされるだろう」

やっぱりこれは夢なのだと、こんどこそアラスカははっきりわかった。でも、この夢は心地よくて……安心と理解をあたえてくれる。どちらもいま自分がもとめているものだ。

ユガフは同胞のほうに向きなおり、両の触腕をかかげて命じた。

「われわれだけにしてもらいたい!」

日に当たって溶けた雪のごとく、群衆は消えた。ユガフはテラナーの肩に触腕を置き、向きを変えさせると、開いた扉のほうへそっと押しやった。扉の奥は明るい銀色の光で照らされた部屋だ。アラスカはいっさいの抵抗をやめた。ある種の夢をみているときに特有の集中力で、ユガフの善意を感じとったのである。

扉の向こうの部屋は、それだけでも狂った夢にふさわしく異質なものだった。ユガフが当然のごとくテラナーの寸法に合わせた宿舎を用意していたことに、心そそられる。アラスカは疣のある異人に無条件の信頼をおぼえていたため、進んで防護服を脱ごうとした。もちろんセランは警告を発したが、それと同じくらいすばやくユガフが介入してきて、

「いかん！　自分の世界にとどまるのだ。この世界はきみにとり、命に関わるのだろう！」

「さっき、わたしが〝次の期に入るさいに迷った〟といったな」と、テラナー。「どういう意味だ？」

「それは考えなくていい」ユガフはおちつかせるようにいい、答えを避けた。「きみの夢の話をしてくれ」

アラスカ・シェーデレーアはよろこんで語りはじめた。

7

カルフェシュは手近なクレーターの民を見つけて接触しようと決心し、上の洞窟へともどった。ところが、どの通廊ももぬけの殻で、キツネにつままれたような気分になる。斜路に……つまり最下層エアロックに向かうルートはあるが、そこには向かわない。下に行ったところでどうなる。あの奇妙な生命体のシュプールはますます見つけにくくなるはずだ。そこで、洞窟世界のさらに奥へとのぼっていく。そのうち、住民の休息時間も終わるだろう。

そうやって心がまえしていたにもかかわらず、突然の出来ごとに圧倒されそうになった。なんの前ぶれも……とにかくソルゴル人が知覚できるようなものは……なく、合図の音でいっせいに目ざめたように、クレーターの全員がいきなり部屋から飛びだしてきたのだ。

カルフェシュは思いきって、最初に近づいてきたクレーターの民の行く手をふさぎ、ずっと頭のなかで考えていた言葉を口にした。

「ローランドレの内側より、挨拶を述べる。きみたちの指導者のもとへ案内して……」

つづきはいえなかった。その相手はことのほか大きな体格だったが、侵入者にまったく気づかないようすで転がるように前進していくため、急いでよけるしかなかったから。みじかい四本脚でかたい床を打ちつけ、マーチのようなリズムを刻んでいる。ちいさな四つの目とほかの知覚器官は、侵入者をわざと無視しているようだ。

カルフェシュは用心深く暗い側廊に引っこみ、かれらの奇妙な行動を当惑しつつ観察した。

あやうくこちらを押し倒しそうになったクレーターの民が、同じくらい大きな同胞に遭遇して、だしぬけに立ちどまっている。それから不思議な儀式がはじまった。二名は言葉をかわしていて、カルフェシュにも聞こえるのだが、理解はできない。どちらかが質問してもういっぽうが答えるというのでなく、まったく関係のない単語が意味なくならんだフレーズが行きかっているからだ。しかも、いたるところでこの手の会話がかわされている。あまりに熱心なようすに押され、ソルゴル人は自分が二組の〝激論〟のどまんなかに立たされていたことも気づかなかった。それでも、しだいにこの行動の意味がわかってくる。そっと後退し、ようすをみることにした。

新しい一日のはじまりを歓迎するため、特別な儀式をおこなう種族は多い。クレーターの民の場合、自分のみた夢を向かい合う相手に告げなくてはいけないのだ。これも多数ある習慣のひとつということ。カルフェシュはテラナー種族とつきあううち、どんな〝朝の儀式〟も認めるようになっていた。コーヒー三杯を飲む前に話しかけるなという人間もいれば、朝のシャワーをじゃまされたといって靴を投げつける者もいる。

クレーターの民がしだいに散りはじめても、カルフェシュはしばらく観察をつづけた。だれもこちらに注意をはらわないが、もうすこしわきにひかえていたほうがいいだろう。見ると、かれらはまたべつの儀式をはじめた。こんどはどうやら、身づくろいらしい。いくつかグループをつくり、たがいのからだを掻き合っている。ずいぶん気持ちよさそうだ。同じような大きさの者同士でグループになっているのが目についたが、列からはみだすのも何名かいる。大きめの者がひとり、考えなしに子供のグループになだれこみ、奇声を発したと思うと、勝手にどこかの通廊に入っていった。べつの若い者は、いっしんにからだを掻いている老人の一グループを蹴散らしている。だが、闖入者に腹をたてる者はだれもいない。

身づくろいの大騒ぎもやがておさまった。こんどはどんな未知の儀式がはじまるかと、ソルゴル人はわくわくして待つ。ところが驚いたことに、クレーターの民はあっさり解散し、各自の作業にいそしみはじめた。これはありがたい。観察中にクレーターの民の老若を充分に見分けられるようになっていたカルフェシュは、慎重に次のコンタクト相手を選びだした。ようやく定めた相手は、目星をつけたなかでいちばん大きくはないものの、皮膚がいちめん色の薄い尖った疣におおわれている。これまでの観察によると、非常に高齢のしるしだ。しかも、この状態に達したクレーターの民はおそらく、じきに繭をつくりはじめる……

　カルフェシュが前に立ちはだかって見つめても、相手は驚くほど冷静な態度でこういった。

「きみもやはり、期のはざまで迷える者なのかね？」アルマダ共通語だ。

「〝期のはざまで迷える者〟とは？」カルフェシュもアルマダ共通語で訊く。

「では、こうたずねよう……きみは幽霊か？　やはり奇妙な声が聞こえるのか？　現実と見まがうような夢をみたあと、じつはそれもほかのと同じただの夢にすぎなかったと気づくことはあるかね？」

「いや、ない」

「それは残念！」

「だが、そちらのいうことが当てはまる者をひとり知っている。わたしとまったく同じ外見の友だ」セラン防護服は量産品なので、アラスカ・シェーデレーアの見た目は自分と変わらないはず。「われわれ、きみたちにメッセージを伝えるため、ともにやってきた。だが、クレーターに着いたさい、友がおかしな夢にやられてしまったのだ。かれを見つけなければならない。どこにいるか、わかるだろうか？」

「わかる。同じ期にあるもうひとりのわたしが面倒をみている」

「そこへ連れていってもらえるか？」

「きみがそう望むなら……」

「もちろん、望むとも！」カルフェシュは熱心に応じた。

老人はしばらく考えをめぐらしていたが、やがて触腕を動かし、なにかよくわからないしぐさをした。

「こちらへ！」

いつのまにか、ほかのクレーターの民が数名集まってきている。未知者に興味をしめしたようだが、それも長くはつづかず、しばらくするとだれもいなくなった。どの通廊もしずかになる。カルフェシュを誘導する者はすぐに右へ方向転換した。すると、驚いたことに、間口がせまくて奥行きが非常に長い一ホールに到着。太い柱のあいだに細長いテーブルがいくつかならび、そこに果実のほか、あらゆる食糧が無造作に置かれている。老人は手近のテーブルのそばに立ったまま、からだの下部の皮膚をひろげて〝ポケット〟をつくり、触腕を大きく振り動かすと、そのなかに二キログラムほどの食糧をあれこれほうりこんだ。

「これでしばらくはたりるだろう」そういうと、どうしたものかというようにセラン防護服姿のソルゴル人を見て、「われわれの食糧がきみのからだに合うかどうかわからんが、よければ食べてくれ」

カルフェシュは丁重に断った。

「目的地までどれくらいかかる?」と、ともに食堂を去りがてら訊く。

「三プレグほど」老人の答えだ。

「標準単位に換算すると、どれくらいだ?」

アルマダ共通語というのはたんなる言語にあらず、トランスレーターによる換算が可能となる単位基準をもふくんでいる。非常に異なる多くの種族のあいだに、真の共通理解の基礎をもたらすためだ。アルマダ炎を持ち、アルマダ共通語を話すクレーターの民がアルマディストなのは明白だから、当然そうした単位基準を使えるはず。それでもカルフェシュは、まずい質問をしたと思った。ローランドレ内側からやってきた使者ならば、〝プレグ〟がなんなのか知っているべきではないのか。案の定、老人は立ちどまり、こういった。

「きみにはアルマダ炎がない。どこからきたのかね?」

カルフェシュはとっさに策をめぐらした。思いだしたことがある。クレーターの民は子供もふくめてほぼ全員がアルマダ炎の持ち主だが、例の〝新生児〟だけはまだ炎がなかった。この種族の時間概念も、成長率や繁殖期間も寿命も不明だが、ここローランドレすなわちアルマダ第一部隊では、無限アルマダのほかのケースとちがうやり方でアルマダ炎を授かるのではなかろうか。考えられなくもない……いや、むしろ、おおいにありうる話だ。

「じつは、外からきた」カルフェシュはおちついて答えた。「外では近ごろ多くのことが変化したのでね。アルマダ炎を持たないアルマディストも増えている」

「だったら、アルマディストだとわからないではないか」

「それでもアルマディストだ」と、ソルゴル人はいいはる。「とはいえ、むろんこれはわれわれにとり不利になる。それで炎を授けてもらうため、ローランドレにやってきたのだ」

「しかし、まだ炎を帯びてはいないぞ」

「時がきたら授かることになっている。そういう約束だから」

相手は考えこんでいるようだ。この出まかせを真に受けてくれるといいのだが、と、カルフェシュは切に願った。クレーターの民が実際こちらの考えるように隔離されて暮らしているのか、ローランドレ内部につづく安全な別ルートが本当にないのか、そこが問題だ。もし、かれらが事情をすべて知っていたら……いや、それはあるまい。だれが好きこのんでわざわざ、巨大エアロックの下で荒れ狂う核火災をものともせず、清掃隊に毛の生えたような種族が住むクレーターに入ってくるというのだ？　ローランドレ内部にいそうなほかの文明種族とくらべたら、クレーターの民はあまり重要視されていないと思われる。エアロックはたしかに重要なものだが、もし本当に重要なら、もっと早く核地獄が終息に向かうように手立てされたのではないか。

「きみが外からきたのなら、われわれの存在など知らなかったはず」と、老人が痛いところを突く。「なのに、どうしてこの町にあらわれることになったのか？　しかも、下の道にいたのはなぜか？」

「われわれ、クレーターのてっぺんに着陸したのだ」カルフェシュは冷静に答えた。「友がおかしな夢をみる前のことだが、ふたりいっしょにエアロックを探して下におりた。その途中で、わたしは友を見失ってしまい、引き返したというわけだ」

「いいだろう」と、老人はなおも考えこみながら、「きみの友がなにを語るか、そのうちにわかる」

「友のいる場所までどれくらいかかる？」カルフェシュはさっきの質問をくりかえした。

こんどはクレーターの民もアルマダ共通語の概念を使った。

「五日半だ」と、トランスレーターから回答がある。カルフェシュは驚いて、

「もうすこし早く着けないか？　友が危機にさらされているのだ！」

「輸送機を使うことはできるが」と、相手はためらいがちにいう。「きみには乗り心地が非常に不快だと思う」

「かまわない」早口で応じると、「ところで、わたしの名はカルフェシュだ。そちらの

ことはなんと呼べばいい？」

アラスカ・シェーデレーアが聞いたのと同じ答えが返ってきた。やはり同じく、カルフェシュも〝ユガフ〟と呼ぶことにする。

輸送機のところまで行く道のりからして、すでに不快だった。通廊のあちこちに厄介な障害物があり、通れなくなっている。

「考慮しておくべきだったな」ユガフが嘆いた。「このあたりは、わが種族のなかで邪悪期にある者がとくに多く住んでいる。おそらく、期のはざまで迷える者も数名いるだろう……それを見つけだすのは、たいていむずかしいのだが」

「〝邪悪期〟とは？」ソルゴル人はおそるおそる訊く。

用心深く前進していくあいだに、ユガフが説明をはじめた。それによると、かれらプレギク＝トロフェ種族は生涯のうちに三つの〝期〟を経験するという。まず、子供時代に当たる安穏期。次に、生意気盛りと同じ意味合いの邪悪期。最後に、実存期である。安穏期の子供はまだ通常の仕事ができないため、種族の生存に関して寄与できる作業といえば、自分たちの期のあらたなメンバーを迎え入れることだけだ。邪悪期の未成年者ははばかなことばかりするため、成年者たちはつねにかれらとの戦いを強いられる……ただし、完全に無血の戦いだが。プレギク＝トロフェは、こうした〝期〟を持つ宿命であっても、きわめて平和的な種族なのだ。悪童たちを根こそぎにしてもよさそうなものだが、邪悪期というのはモラルの欠如とは関係ないからこそ、自然の摂理として甘受すべきだと考えている。

同様のことが、期のはざまで迷える者についてもいえる。これは邪悪期から実存期へとうまく移行することができず、いわば中間段階にある者のことだ。原因は各個体の期の状況と関係があった。プレギク＝トロフェは次の期に移行するにあたり、一種の〝精神的閉じこもり〟状態になる。いわば次の期に向けた転轍《てんてつ》をおこなうため、明らかにホルモンが関係する瞑想的休息状態に入るわけだが、そのさい夢の世界から出てこられない者が相当数いるのだ。かれらは永遠に、夢と現実のはざまを行き来することになる。つまり、正気を失うということだ。そうカルフェシュは思った。治療の手立てはないのだろう。

とはいえ、種族はこうした者たちを隔離したりせず、逆に丁重にあつかう。迷える者独特の常軌を逸した言動は、正常なプレギク＝トロフェが失ってしまうものを教えてくれるからだ。それは空想すなわち夢である。空想は、子供たちはある程度、未成年者はありあまるほど持っているが、成年者は持たない。大人は分別ある実務家で、道をきれいにする任務のことしか頭にないから。

それでもかれらはつねに、夢の世界にもどりたいと心の底から願っている……実際、かならずそうなるのだが。死ぬときはほんものの閉じこもり状態になるからだ。プレギク＝トロフェは最期が近づくと繭をつくり、そのなかで大人の分別を捨てて夢の世界に入る。やがて不思議な再生の時を迎えると、繭のなかから新生児があらわれ、ふたたび〝期〟をさまよう旅に突入することになる。

だが、成年したプレギク＝トロフェが夢をみることはなく、せいぜい他者の夢を語るくらいしかできない。だから、かつて自分がみた夢をいつかは思いだしたいものだと願っているのだ。子供時代の夢はあまり大人向けでないし、未成年のころの夢は邪悪で破壊的なものが多い。そう考えると、期のはざまで迷える者とその狂気は、種族の存続にとって重要な一ファクターともいえるのである。

こうしたことを語るユガフとともに、カルフェシュは邪悪期の……ありがたいことに、この期は長くはつづかないらしいが……プレギク＝トロフェたちがしかけたとっぴな罠の数々を避けながら進んでいった。落ちてくる岩、酸の雨、落とし穴、尖った槍などをあやうくよけるようすをみて、側廊にかくれた子供たちがおもしろがっている。それらはただの見物客にすぎないが、邪悪期の者たちは罠だけでは飽きたらず、直接攻撃に出てきた。しかも本気で。だが、カルフェシュが最初の攻撃相手にパラライザーを使ったところ、ユガフは驚愕して立ちすくんだ。悪童たちを麻痺させただけだといくら説明しても、納得しない。

「二度とこういうことをするな！」と、老人がどなる。

「だが、また動けるようになるし、からだにはなんの害もない!」ソルゴル人は困惑しつつ弁解した。

「かれらには次の閉じこもり時期が迫っているのだ」ユガフは異人のふるまいに対する怒りをおさえようと、たいへんな苦労をしている。「そういう状態の者を脅かしてはならない」

「なら、きみはどうなっていたと思う?」カルフェシュはそういって、悪童たちの武器を指さした。自分が間一髪で麻痺させなかったら、ユガフはすくなくとも四名から確実にとどめを刺されていただろう。

「わたしは老齢だ」と、ユガフは重々しくいった。「再生の時も近い。淘汰プロセスがはじまったということ。異人のためにこのルートを通ると決めたわたしがおろかだった。おろかさは、のちの世代に受け継がれてはならない特質のひとつだ」

カルフェシュはおのれにいいきかせた……プレギク=トロフェはいままでに知るなかでもっとも異質な種族かもしれないが、たとえそうであっても、自分には種族全般やユガフ個人に対して勝手な判断をくだす権利はないのだと。うまく発達できず狂気におちいった同胞の助けがなければこの種族は存続できないという事実もふくめて、どんなことでも受け入れる準備はできている。プレギク=トロフェは特殊な例といえるが、だからこそ、この洞窟世界に配置されたのかもしれない。だがもしかしたら、ローランドレ内部にはもっと奇妙な生命体がいるのではないか。

とにかくなんにせよ、アラスカ・シェーデレーアのところへ行かなくては。

「きみがこのルートを選んだのはおろかさのゆえではない」と、慎重に切りだす。「好奇心ゆえだ。それもまた空想のひとつのかたちといえよう。だが、わたしと友は夢よりすごい話を聞かせられる。われわれは外からきた。期のはざまで迷える者が行ったこともない世界について話すことができる。しかし、たとえ話す時間がないとしても、きみは繭をつくったときにわれわれのことを思いだすはず。いま、冒険の醍醐《だいご》味《み》を感じているからだ。冒険というのがなんだか、わかるな？」

「わかるとも。クレーター底に行って各種の残骸を収容することだ」

「それを冒険と呼ぶのか？」カルフェシュはあきれて、「その場合、ふたつのことしか起こらない。ぶじにもどってくるか、うっかり墜落して命を落とすかどちらかだ。そうだろう？」

「たしかに」ユガフはしぶしぶ認める。

「ほんものの冒険とは、狂った夢のようなもの。次になにが起こるか、けっしてわからない」

これを聞き、ユガフはしばらく考えこんでいた。そのあいだに、麻痺させた悪童のひとりが起きあがる。どうやらプレギク＝トロフェ種族はパラライザー・ビームにかなり抵抗力があるらしい。悪童は大きな棍棒でユガフに襲いかかってきた。老人はみじかい脚を軸にしてくるりと回転すると、狙い定めたパンチをくりだす。その相手だけでなく、ふらふら立ちあがったほかの三名もやられて、夢の国へと送られることになった。ユガフは周囲を見まわすと、その見慣れない風貌でも充分にわかるほど晴れ晴れしたようすをみせて、

「なるほど、こういうことか」と、ゆっくりいった。「行こう！」

その後の攻撃はふたり協力して受けて立った。ユガフは武器を持たないのに、ソルゴル人よりも鮮やかに迎撃した。

「もうすでに生まれ変わったような気分だ」老人は奇怪な乗り物のハッチを開けながらそういうと、触腕を胴体に巻きつけてからまた伸ばし、満足げに眺めた。「思いだしたよ。わたしは邪悪期のころ、とびきりの戦士だった。何名かをそうとう悲惨な目にあわせたものだ。腕が鳴る……」

「戦いつつ進むこの道を選んだのは、ふつうのルートよりも早く友のところへ行くためだったろう」カルフェシュは急いでさえぎる。

ユガフは触腕を勢いよく胴体に巻きつけ、いささか不機嫌に応じた。

「これがふつうのルートだ！　わたしはただ、きみに配慮しただけではないか。さ、乗れ！」

「そちらが先だ」と、カルフェシュ。相手がためらうのを見て、つけくわえる。「これも冒険だぞ！」

プレギク＝トロフェは急いでカプセル形マシンにもぐりこむ。かれの体形にはぴったりの乗り物だ。マシンがあっという間にスタートすると、すぐに二両めがつづいてきて、カルフェシュも乗りこんだ。しっかりからだを固定する間もなく、奇妙な乗り物は急発進する。慣性力で押しつぶされずにすんだのは、ひとえにセランの完璧な非常システムのおかげだ。

どうにかカプセル内で姿勢をたもつことはできたが、とても快適とはいえない。わたしはプレギク＝トロフェの冒険対応能力を見誤っていたのではあるまいか、と、カルフェシュは自問した。

カプセルはスタートしたときと同様、いきなり停止した。ハッチが開く。よろめきつつ降りたところは、おかしなマシンに乗りこんだところとまったく同じつくりの通廊だ。ユガフはもう待っていた。向かい側の壁ぎわに立ち、どことなくようすが明るい。

「ここからなんとかして前進するのだ。友は見つかるだろう」と、老人。

「それは、わたしひとりで行けという意味か？」

「わたしは同行できそうもない」ユガフはきっぱりと、うれしそうにいった。カルフェシュは狼狽《ろうばい》し、思わず相手に近づいてしげしげと観察する。と、全身の疣から銀色の細い繊維が震えながら伸びて、円を描きはじめた。植物の蔓がクイックモーションで生長しているみたいに見える。繊維は壁に触れたとたん、こびりついて面になった。そのさまは、まるでローランドレと融合するかのようだ。すでに繊維におおわれたユガフは多孔質の岩壁と一体化していて、分離しようとすれば多大な手間がかかるのはまちがいない。

「いまはやめてくれ！」カルフェシュは仰天した。「ユガフ、きみはわたしが知る唯一のプレギク＝トロフェなんだ。よりによって、いま見捨てられては困る。まだ冒険は終わっていないぞ！」

応答はない。しばらく待って、ソルゴル人はあきらめた。背後には悪夢の輸送カプセル用シャフトがあるのみ。眼前には曲がりくねった道。そこで邪悪期の悪童が数百名、獲物が罠にかかるのを待っている。カルフェシュはふだん、だいたいの場合において武器は、たとえ殺傷能力のないものでも使わない。だがこのときばかりはブラスターをしっかと握りしめて、用心深く一歩ずつ進んでいった。

8

アラスカ・シェーデレーアはふとした拍子に正気をとりもどした。カルフェシュに恥ずべきことをしたと知り、

「行かなければ」と、つぶやいて立ちあがる。

「なぜだね？」ユガフが心配そうにたずね、なだめるようにいう。「ここにいれば安全なのに。もっと夢の話をしてくれ」

「かれのいうことを聞いてはだめ！」亡霊めいた声が警告する。白い衣装の人物が虚無からあらわれ、わずか二メートル先に立っていた。空中に浮遊し、透明な姿だが、こんどこそアラスカははっきりわかった。

「キトマ！」そうささやき、彼女が夢で語りかけてきたことに思いいたる。

〈そうよ〉と、キトマ。〈あなたのもとへ行くには、ああするしかなかった〉

「本当にわたしを助けてくれるのか？」

〈わたし、自分の種族を見つけたの、アラスカ。あなたのことも話した。あなたはとて

も……数奇な運命の持ち主。だからわたし、あなたの行くすえが知りたくて、ずっとようすをうかがってきたの。あなたはとても不幸だわ、わが友。前は自分でそう思いこんでいただけだけど、いまは実際に不幸なのね〉

「そのとおりだ」と、テラナーは認める。「キトマ……きみはカピン断片をもとの位置にもどせるのか？」

〈いいえ〉

「だったら、なんの助けにもならない」

〈そんなことないわ。わたしたちのところへ連れていってあげる〉

アラスカは以前キトマに連れていかれた〝都市〟を思いだした。人間を永遠にのみこむ都市……かれ自身、あやうく地球に帰還できなかったかもしれなかった。これまでに訪れたなかでもっとも異様な町だ。あのような場所へはもう二度と、これっぽっちも近づく気になれない。

〈あの都市は長いこと忘れられ、見捨てられてきたの〉キトマがいう。〈あなたと同じくらい、都市のほうも恐れをいだいていた。だから、あなたに対して攻撃的になったのよ。わたしがそれに気づいたときは遅すぎた。でも、こんどはちがう。いま種族がいるのは、あの都市とはまったく似ていないところよ〉

「そこに行けば、わたしがまた以前の人間にもどれるようにしてくれるのか？」

〈わからないけれど、それはないと思う。人間にもどるのは一歩後退することだから。でも、あなたがさらに発展していまの状況を克服するための手助けならできる〉

「なんという夢か！」ユガフが小声でいい、キトマとセラン防護服姿のテラナーを交互に見た。

アラスカはそれにかまうことなく、キトマの提案について真剣に考える。

「こちらに帰ってくるのは可能なのか？」と、質問。

〈それもわからない〉キトマが応じた。

「あっさり消えてしまうわけにはいかないんだよ！　どうするつもりだ？」

〈じゃ、あなたは自分のこれからの人生をどうするつもりなの？〉キトマが訊き返す。

〈いまのままでいたら、いずれ正気を失ってしまう。あなた、もうふつうの人間たちのもとでは暮らせないのよ、アラスカ。カピン断片に破滅させられなくたって、自分から命を絶つことになるわ……たとえこれを除去したとしても、その後すぐに〉

そのとおりだと、アラスカにもわかっていた。とはいえ、キトマについてもその種族についても、知っていることはあまりにすくない。かれの前にあらわれるキトマは、つねにほっそりした少女の姿だ。白い服を着て、裸足で、長い黒髪……たしかに女なのだが、なぜか性別を超越している。彼女の種族は大群の建造者および監督者で、キトマはいわば見張り役としてのこったのだという。となれば、いまもかつても見た目のような子供であるはずはない。しかし、だったら、なにものなのだ？

こんどは声で答えが返ってきた。

「あなたはこの世界にとどまれないわ。ここにいたら生きのびるチャンスはない。わたしたちと行きましょう！」

「それも一種の自殺ではないのか？」アラスカの返事は苦々しい。

キトマが沈黙する。

「どうやって行くんだ？　このクレーターのどこかに宇宙船でもかくしてあるのか？」

「ちがうわ、アラスカ。見てのとおり、わたしはあなたのもとに物質のかたちであらわれてはいない。わたしの種族があなたのいる場所に行くのは、とてもむずかしいの。でも、あなたにはカピン断片がある。この断片はただの組織塊じゃなく、カピンが空間移動に使うエネルギー凝集体の一部なのよ。これがあれば、ペドトランスファーが可能になる。だから、いっしょに行けるはず」

「はず？」アラスカは困惑したように、「つまり、絶対確実ではないということか？もしカピン断片が拒んだらどうなるんだ？　あるいは……途中で力を失ってしまったら？」

「あまりたくさん期待しすぎないで」キトマは悲しげに答えた。「リスクは覚悟のうえよ。でも、ほかに選択肢がないこともわかってる。あなたにのこされた道はふたつ。未知の世界に飛びこむか……あるいは、死を待つか」

「それはちがう、キトマ。道はほかにある。きっとあるにちがいない！」

キトマはなにかいおうとしたが、ただでさえかすかな小声は、いきなりやってきたプレギク＝トロフェ三名の騒ぎにかき消された。そのうち二名はセラン防護服姿の者を引き連れ、もう一名がユガフの前に立ちはだかる。からだの表面はなめらかで、やがて疣ができてくる腺にはまだわずかな点が見えるだけだ。

「ここにいたのか！」とどろくその声を聞いてユガフが縮こまったように、アラスカには見えた。「アルマダ炎を持たない者をもうひとり捕まえたぞ。こんどは期のはざまで迷える者じゃなく、プレギク＝トロフェ五十名を麻痺させた張本人だ。麻痺の後遺症がどうなるか、わかったものじゃない」

「カルフェシュ！」アラスカは叫んだが、ヘルメット・テレカムをオフにしていたことに気づく。それでも、ソルゴル人には聞こえていた……外側スピーカーで。

「だいじょうぶだ。わたしはだれも傷つけていない」と、返答がある。「ぐあいはどうだ？　心配したぞ！」

プレギク＝トロフェたちが興奮して論争をはじめた。アラスカが見たところ、ユガフは明らかに自己弁護している。言葉が飛びかうなか、かれらがときどき理解不能な母語をしゃべることもあって、トランスレーターは混乱のきわみだ。ひとつだけ明らかなのは、どちらの側も徹底的に争う気はないということ。しばらくすると、プレギク＝トロフェたちはカルフェシュを壁に突き飛ばして、その場から去っていった。うしろでドアが閉まる。

アラスカはドアまで行き、開けようとしたが、びくともしない。振り返ってカルフェシュのようすをみる。セランのおかげで負傷はしていないようだ。

「いったい、なにがあったんだ？」と、ソルゴル人にたずねた。

＊

カルフェシュは体験したことを簡潔に報告し、自分たちがその生活圏に入りこんだ種族について説明した。アラスカのほうも、いくつかわかったことがあったので、随所で補足する。ソルゴル人は、ようやくアラスカがあらゆる意味でノーマルにふるまっているという印象を持った。長くかかったが。

「いまのところ、カピン断片はおとなしい」アラスカは、おそるおそる体調をたずねたカルフェシュにそう答えた。「キトマには組織塊をおちつかせる効果があるようだ」

「キトマとは？」カルフェシュがじれったそうに訊くが、アラスカは手を振り、

「あとで説明する。話をつづけてくれ！」

「ここに住む者たちは明らかに、下のエアロック付近に暮らすプレギク＝トロフェより

気がみじかいらしい」と、ソルゴル人。「わたしは数メートルも行かないうちに攻撃された。かれらが本気で向かってきたので、身を守る必要に迫られ、麻痺させたのだ。相手は邪悪期の者だとばかり思いこんでいたが、それは最初の数名だけで、そう気づく前に成体のプレギク＝トロフェが攻撃してきた。こちらがアルマダ炎を持たないとわかると、さらに乱暴になってね。わたしは打ち負かされ、ここに引きずられてきた。かれら、われわれふたりとも殺すつもりでいる。侵入者だといって」

「その点に関してはかれらが正しいな」

「いうことはそれだけか？」カルフェシュの声が鋭くなる。

「きみはプロジェクションだといっていたな」アラスカは考えこみながら、「それでも傷を負うのか？」

「そんなことは関係ない。きみは傷を負うだろう、友よ！」

「それがなにか問題なのか？」

「どういう意味だ？」

「わたしは一介の人間にすぎない。わたしがいなくても世界はまわっていく」

「つまり、死んでも死ななくても、どっちでもかまわないといいたいのか？」

アラスカは目の前に視線をさまよわせ、ようやくいった。

「いや、そうじゃない。残念ながら」

ふたりのあいだには、たがいのヘルメットと、呼吸できない異質な空気がある。

「かまわない、と、いうべきなのだろうな」と、小声でつづけた。「個体の死は、受け入れなくてはならない自然の摂理だ。命を滅ぼすことでしか、われわれは生きられない。呼吸するにしろ、飲食するにしろ、病を克服するにしろ、つねにそうだ。生きているあいだずっと、ほかの命を奪っている……そして、ある瞬間がきたら、こんどは自分たちが命を奪われる。それが宇宙全体に適用される自然の掟なんだ。この宇宙に住むすべてのものは、繁殖するために殺し、殺されるために繁殖する」

カルフェシュのほうを向こうとすると、そっとからだを引っ張られる感じがした。かたすみにキトマがいる。アラスカは思わずそちらを見た。その視線を追っていたカルフェシュが息をのんだ。

「じつにまっとうな掟じゃないか」テラナーの口調はどこか非難めいている。「それをまぬがれることなど、だれにもできない」

「あなたはそれを、テラナーの時間単位で六百年以上まぬがれてきたのよ」キトマがおだやかに指摘した。「本気で死にたいと思うなら、細胞活性装置をはずせばいいだけ」

「そうしたほうがいいのかもな」アラスカは自暴自棄でつぶやく。「でも、できない。生への執着ほどたちの悪いものはない」

「それは執着とはちがうわ」

「だったら、なんなのだ？」

「生きることそのものよ」と、キトマ。「知りたい気持ち、好奇心、探求欲。この先になにが待っているか突きとめたいと願うこと」

「彼女はなにものか？」カルフェシュだ。

「キトマだ。わたしを連れていくといっている」

「どこへ？」

「彼女の住む世界へ。それがどこにあるか知らないし、行けば二度ともどってこられない。とはいえ、はたしてぶじに行きつけるのかも、彼女は確約していないのだが。カルフェシュ……本当にきみにもキトマが見えるのか？」

「見える。亡霊めいてはいるが、たしかに存在している」

「なにが不安なの？」キトマがアラスカに訊いた。「わたしといっしょにくることで、なにか問題がある？」

「カルフェシュを置き去りにはできない！」

「ばかな！」と、ソルゴル人。「それがきみにとってのチャンスなら、つかむべきだ」

「きみはどうなる？　わたしのせいで、こんなたいへんな状況に巻きこんでしまった」

「どうにかして策を見つけるさ」カルフェシュは平然といい、キトマのおぼろげな姿をじっと見て、たずねた。「きみの世界はどこにある？　われわれもそこに行けばアラスカに会えるのか?」

「わからない」そう答えると、キトマは消えた。

「いつもこうなんだ」アラスカが怒ったようにいう。「わからないといい、去ってしまう。くそ、キトマがなにものだかもまったく知らないのに、いっしょに行けるわけないじゃないか。もしかしたら、これもまたおかしな夢なのかもしれないな」

「それは断じてない」カルフェシュが確言した。「とはいえ、決心するのはきみだ。彼女の言葉を信じるか信じないか、自分で答えを出すしかない」

*

まもなく、かれらを連れていく目的でプレギク=トロフェたちがやってきた。もうさっきのように興奮してはいない。

「きみたちの処遇について話し合ったのだが」と、一名が口を開く。アラスカのもとにいたほうのユガフかもしれないし、疣のあるべつの老人かもしれない。「ひとりは期のはざまで迷える者だから、その運命をわれわれが決めることはできない。そこで、ふたりともローランドレ内部に送りとどけ、ほかの者にゆだねることにした」

そういうと、振り向いて合図する。同胞の四名がアラスカとカルフェシュを引ったて、輸送用シャフトへと連行した。

「つまり、また助かったわけか」と、アラスカ。

カルフェシュは無言のまま、クレーター底で見た地獄の風景を思い起こしていた。しかし、ことによるとプレギク＝トロフェはべつの安全なルートを使うつもりかもしれない。

輸送カプセルから降りると、一エアロックに連れていかれる。そこでプレギク＝トロフェたちは防護服を着用した。エアロックの奥にはクレーター下部の岩棚から突きでたプラットフォームのひとつがある。周囲を見まわすと、クレーターの民が大勢いた。この一大イベントをひと目見ようと押しよせたらしい。これがなにを意味するか、カルフェシュにはすぐにわかった。

「友よ、よく聞け」と、急いでアラスカに話しかける。「わたしはあの下へすでに行ってみたのだ。エアロックの下では核火災が起こっていた。まさに地獄の業火だよ。ここにいるおろか者たちは、それ以来ずっとクレーター底が開くのを見ていない。あそこに突き落とされたら、われわれ、おしまいだ……プレギク＝トロフェも何名か巻きぞえになる。ここから逃げなければ！」

「しかし、かれらは自分たちがなにをしているか、わかっているようだぞ」アラスカは岩棚でせっせと作業をしているプレギク＝トロフェたちを指さした。と、ぶあつい岩プレートの奥にかくれていた洞窟が出現。いちめん、スイッチだらけだ。見ると、このプラットフォームだけでなく、あらゆる場所でクレーターの民がなにか準備作業にいそしんでいる。

「見かけだけだ！」

カルフェシュが見つめるなか、クレーター最下部のひろい平面にぐるりと配置された門が開いた。だが、例のらせん装置は直立しておらず、クレーターの中央、表面からかなり下の部分を狙うように向けられている。おそらく、そこにエネルギー・フィールドが生じて、異人ふたりをとらえ、ある決まった場所に連れていくのだろう……だが、そうはさせるものか。

「アラスカ、わたしを信じてくれ！　かれらにエアロックを開けさせてはならない！」

「どうしたらいいんだ？」テラナーはとほうにくれている。

「キトマのことを考えろ！　心で呼びかけるのだ！」

近くの一エアロックから、赤熱する光線上に浮遊するディスクがあらわれた。クレーターの民はふたりが逃げだす気でいるとは思っていないようだ。当然だろう。異人たちはローランドレ内部に行きたいのであり……プレギク＝トロフェはその手段を用意しているのだから。

「こちらへ！」プレギク＝トロフェの一名がそういうと、プラットフォームのはしに浮遊する輸送ディスクをさししめした。肌のなめらかな若い一個体が不格好なコンソールを操縦している。ほかに四名、年かさの同胞が乗っていた。いわば随行団だ。

「エアロックを開いてはならない！」カルフェシュはかれらに向かって叫んだ。「そんなことをしたら全員おだぶつだぞ！」

「心配しなくていい」ふたりのそばにいるプレギク＝トロフェが、「われわれに他意はないから。この道はもう長いこと使われていなかったが、安全は保証する。下に行けば出迎えの者がいるだろう」

「アラスカ！」

ソルゴル人の抵抗もむなしく、テラナーはすでに輸送ディスクに乗りこんでいた。しかたなく、カルフェシュもあとにつづく。ディスクはプラットフォームをはなれ、ゆっくりとクレーター中央に向かった。プレギク＝トロフェたちは有頂天《うちょうてん》だ……だがそのとき、輸送ディスクの縁にキトマがあらわれた。なかば消えかかって浮いているが、はっきり見える。

「カルフェシュのいうとおりよ」真空だというのに、アラスカには彼女の声が聞こえた。「行けば死が待っている。強烈な放射線だから、クレーターの民も耐えられないわ。あなたがとめないと」

「どうやって？」アラスカは茫然とした。

「わたしとくればいい。いまは全員の目がわたしとあなたに向いている。プレギク＝トロフェは期のはざまで迷える者のことを知っているし、あなたの話はここの洞窟で知れわたっているわ。わたしがいつかあなたのそばにあらわれることも、かれらはわかっていたはずよ。でも、わたしたちの会話は洩れていない。わたしの声はあなたにしか聞こえないの。まわりをよく見てみて！」

「クレーターの民が全員ここにいるらしいことは気づいていたよ」と、アラスカ。「だが、わたしが消えたところで、カルフェシュはこの場にのこるんだぞ」

「いいえ。あの下にあるらせん装置はいまは危険じゃない。カルフェシュはそれを知っている。プレギク＝トロフェの不意を突いて逃げれば、追われないわ。かれは逃げおおせる。わたしが手を打っておいたから。あなたたちがふたりともいなくなれば、エアロックを開く理由はなくなる」

「カルフェシュはどこへ逃げるんだ？」

「自分で道を見つけるでしょう。でも、それにはあなたがチャンスをつくってあげないと！」

「わたしにできるだろうか」

「できるわ。わたしといっしょに行きたいと、強く願うだけでいいの。あとはどうにかなる……カピン断片と、わが種族と、わたしの力で。さあ！」

輸送ディスクがクレーター中央に到着した。プレギク＝トロフェたちは亡霊めいたキトマの姿から目をはなせずにいたが、しだいにその呪縛を振りはらいはじめている。やがて、エアロックを開くだろう。そうしたら……

「やってみよう」アラスカ・シェーデレーアはきっぱりいった。キトマのことに精神を集中し、彼女の世界へともに行きたいと強く願う。一瞬、からだがふくらむような感覚をおぼえ、自分が稲光になった気がした。無限へと向かっていく。

＊

カルフェシュはキトマから、なにが起こるかあらかじめ聞かされていた。テラナーから目をはなさない。ヘルメット・テレカムを通じてプレギク＝トロフェたちの興奮した声が聞こえてくる。見ると、キトマがゆっくりとアラスカに近づき……やがて、しだいにふたりとも消えていった。

カルフェシュは飛翔装置を作動させ、最大価で加速。クレーターから、奇妙に明るい〝天〟へと急上昇する。プレギク＝トロフェの叫びを耳にしたときには、すでに小型艇の残骸を通過していた。もうここまでは追ってこられないだろう。立ちどまり、下を見おろしてみる。

プレギク＝トロフェたちにとっては、アラスカとキトマだけでなく、同時に逃げたカルフェシュも虚無に溶けたように見えただろう。あまりにすばやかったため、気づかれなかったはず。それに、かれらは亡霊めいた姿にばかり集中していた。こちらを追う気もなければ、致命的なエアロックを開くこともあるまい。

カルフェシュはクレーターの周囲を飛びすぎ、すこしはなれた場所に着地すると、あたりを見まわした。

ここにいればプレギク＝トロフェにわずらわされることはないが、逃走に意味があったとわかるのはこれからだ。目の前にひろがるのは、はてしない荒野すなわちローランドレの地表である。これとくらべたら、どんな惑星の荒れ地でさえ心なごむものに見えるだろう……水は存在せず、生物も棲まず、大気すらない。どこまでも明るい〝天〟と死んだ岩石だけの風景。荒野は永遠につづくように見える。このとてつもない構造物には、まともな地平線というものがないのだから。

なにを探すのかもよくわからないまま、カルフェシュは探しはじめた。どこかにべつのエアロックがあるはずだ……

＊

アラスカ・シェーデレーアはとてもおかしな感じがした。なにもかもが、それまでと逆向きに機能しているようなのだ。カピン断片は相いかわらず存在するのだが、突然、自分のほうが断片となってカピンに運ばれているような気がした。

〈それはちがう〉と、聞き慣れない声がする。

「もしや、きみか?」アラスカはびっくりしてたずねた。

〈そう、カピンの断片だよ。話ができるので驚いたか? 答えはかんたんさ。われわれがいまいる場所は、わたし側のエレメントなのだ。それに、以前はほかにもわれわれを隔てる障害があったから〉

「ということは、きみには意識があったのか!」

〈もちろん。ずっとあったさ。ただ……いわば眠っていたのだな。フロストルービンを通過したさい、目ざめたのだ。だがその後、きみの体内で道に迷ってしまってね。気づいたときは手遅れで、抜けだせなくなっていた〉

「いまなら抜けだせるのか?」

〈ああ〉

「そうしたら、わたしはどうなる?」

〈わからない。キトマとその種族は不思議な力を持っているから、わたしがいなくても、おそらくきみを連れていけるだろう。だが、もしきみが望むなら、そばにいるつもりだ。きみが自分でなんとかやっていけるとわかるまで〉

アラスカはこのカピン断片とすごしてきた長い年月を振り返り、急にうしろめたい気持ちになった。

「わたしはずっと、きみを排除しようとしてきた」

〈知っている〉断片は平静に応じる。

「きみのほうから、わたしのもとを去ろうとはしなかったのか？」

〈ためしてみたとも。招かれざる虜囚でいるのが快適なはずはないだろう？〉

「きみはなにものなんだ？」

〈つまり、こう訊きたいのか……〝自分と衝突する前はなんだったのか〟と？　そうだな、わたしはなんのとりえもない若いカピンだったよ。野心はあったが、不器用だからどうしていいのかわからず、いつも悪い連中とつきあっていた。きみと衝突するすこし前は、ある女に恋をしていた。それ以前の話だが、わたしはウカルシムという上司が違法な商売に手を染めたと思いこんでいてね。ずいぶん時間をかけて、かなり証拠を集めたんだ。で、それを女にも話し、上司を悪《あ》しざまにののしった。彼女を信頼していたから。ところが、女はウカルシムの娘だったのさ。違法な商売というのはウカルシムのたくらんだ戦術で、かれはまったくの無実。おまけに、その女にはべつに婚約者がいた。あとからそういう話にしたのかどうかはわからないが、とにかく全員がぐるだったんだ。きみと衝突したのは、行き先も決めずに旅に出たときのこと。途中で逃げるつもりでいたのさ。うまくいかない気はしたけどね。もどれば、おそらく訴えられる。自分が悪くないことはわかっていたが、どうにもできなかった。で、きみは……当時、なんだった

のだ？〉

「もう思いだせないが、どうでもいいことだ。わたしの話なんて、きみのようにおもしろいものじゃない」

〈わたしとおさらばしたら、きみはどうなる？〉

「そりゃ、きみが連れていってくれる異種族のもとで埋没することになるだろう」

〈だが、キトマとは知り合いじゃないか！〉

「彼女のことも、きみのことと同じくらいよく知らない」

〈あまりわくわくする話じゃないな〉

「気にしなくていい。きみのほうは、自由になったらなにをする？」

〈自由か……もうカピンにはもどれない。きみがいなくてどうなるのか、見当もつかないよ。きみはなにをする？〉

「わたしもふつうの人間にはもうもどれないし、カピン断片なしでは人間社会で生きていかれない。以前は逆だと思っていた。なんとしても断片を除去したかった。だが、いまの望みはただひとつ、きみがここにとどまることだ。とはいえ、過ぎた望みかもしれないな」

〈きみのいうとおりなのだろう。ただ、われわれ、いっしょにいて折り合えるかどうか〉

「たぶん一体化できると思う」

〈どうやって、なんの目的で？〉

「わからない。だが、きみなしではわたしは無になってしまう。きみが必要なんだ！」

カピンはしばらく黙っていた。そのあいだも無限への旅はつづく。ペドトランスファーによる移動はゼロ時間で実現するはずだが、旅はまだ終わらない。おそらく、キトマとその種族が一枚嚙んでいるせいだろう。

〈わたしにもきみが必要だ〉と、ようやくカピンが伝えてきた。〈ずっと考えていたのだが、もう以前の存在形態にはもどれない。わたしのペド・コンタクトはいまは存在しないから。きみからはなれることは可能とはいえ、そうしたら無限世界のどこかで消滅してしまうだろう。それはべつにかまわないが、どうも大きなチャンスを逃す気がしてならない。きみとわたしは……なにか特別な存在だ。この可能性を捨てることはないよな？　とりあえず、どこに行くのかくらいは見とどけないと〉

「キトマの世界だ」アラスカは小声で答えた。「まったく勝手のわからない世界だな」

〈そこでなら、ふたりとも幸せになれるのよ！〉と、キトマ。はじめて割りこんできたものの、これまでの会話を追っていたことはたしかだ。アラスカは軽いショックを受けた。かれにとり、カピンとのファースト・コンタクトはとても親密なもので、部外者が立ち入るべきではないと思ったから。たとえキトマでも、ふたりの会話を盗み聞きする権利はない。

〈盗み聞きしたわけじゃないわ〉キトマが心外そうに、〈わたしはずっとあなたたちのそばにいるの。でないと、どこへ行くかわからないでしょ！〉

〈どうやら彼女のいうとおりだ〉カピンは愉快そうだ。〈旅先案内人と喧嘩するのは、安全な宿を確保してからにしたほうがいい〉

「カピンの格言か？」アラスカはいぶかしげに訊いた。

〈いや、わたしの思いつきさ。遠くにわれわれのゴールが見えるぞ。さ、決断の時だ。きみが本当にそうしてほしいなら、わたしはそばにいる〉

「そうしてほしい！」

〈わかった。わたしもそうしたいし、きみがそういってくれればいいと思っていた。では、住み慣れた場所に移動してかまわないかな？〉

「キトマ、どうだろう？」

〈だいじょうぶよ、アラスカ。だれも害を受けない。あなたがわたしたちのもとにいるかぎり〉

「もし、わたしがきみたちのもとを去りたくなったら？」

〈〝われわれが〟去りたくなったら、だ！〉と、カピンが訂正。

〈そのときは方法が見つかるでしょう〉キトマの答えだ。

答える前に一瞬のためらいがあったことに、アラスカもカピン断片も気づいたが、それについて考える時間はもうなかった。ゴールに着いたのだ。共感に満ちた不思議な世界が待っている……まるで、迷子になっていた子供を出迎えるようだ。歓迎の気持ちが押しよせてきて、うっとりしてしまう。キトマとその種族が住む世界は本当に、アラスカがいつか見た悪夢のような都市とはまったく似ていなかった。

やがて、自分のために用意されたアルコーヴを発見。ここではだれも立ち聞きしていないし、思考を送ってもこない。そのときアラスカは、自分が肉体を失ったことに気づいた。それでも想像はできる。まだ肉体があると想像して、鏡をのぞきこんだ……ついさっきまではなかった鏡を。とても懐かしいものがうつっている。青瓢箪の顔ではなく、色とかたちを魅惑的に変えるカピン断片だ。

〈幸福か？〉どこかで声なき声がした。

〈ああ〉と、ちいさく答える。

〈永遠にこのままでいられると思うか？〉

アラスカはなにもいわず、鏡にうつる像をじっと見つめて思った。

われわれ、もといた場所にいつかもどるだろう。すぐにではないが、いつの日か……それが許されたときに。

かれの顔の上で、カピン断片が伸びをした。アラスカは満足げにほほえむ。いったいなぜ、これをいままで敵としてあつかってきたのだろう？

〈ふたりとも、そうしてきたんだ〉カピンが眠たげに応じた。〈どちらも責められるいわれはないさ。眠ろう、友よ。われわれには休息が必要だ〉

カピンのいうとおりだ。アラスカ・シェーデレーアは目を閉じると、夢の世界に身をゆだねた。

トルカントゥルの要塞

クルト・マール

登 場 人 物

クリフトン・キャラモン（CC）………もと太陽系艦隊提督

レオ・デュルク……………………………《バジス》兵器主任

アルネマル・レンクス…………………ガルウォ。頽廃の民の指揮官

トルカントゥル…………………………ガルウォ。ネット賤民の女王

ギリナアル………………………………ガルウォ。ネット賤民。監視部隊のリーダー

プラアク…………………………………ガルウォ。ネット賤民。女王の廷臣

1

「まったく、なんて光だ。どうにかなりそうだな」

すこし前にクリフトン・キャラモンがそういってぼやいたとき、レオ・デュルクは仏頂面《ぶっちょうづら》でうなずいた。この、すべてのものに降りそそぐ白光についてはもう聞き飽きていたから。その瞬間、かすかな振動を感じた……ほんのわずかなもので、コンソールの上に置いた発光ペンが半センチメートルほど転がっただけのことだが、レオ・デュルクは熟練の士である。異常事態に関する第六感を持つ。この揺れがなにを意味するかは明白。それまで確認されなかったなんらかの影響に対処するため、反重力装置がほんの一瞬、作動したのだ。

CCも感じただろうか？　デュルクは、もと太陽系艦隊提督クリフトン・キャラモンの反応を待っている自分に気づく。彗星記章の男は、かれにいわせれば宇宙船ががたついていた時代の大昔からきた化石のような存在だ。このわずかな異状に、はたして反応するか？

「フリッツ、なにが起きた？」ミニ・スペース＝ジェットのちいさな司令コクピットにキャラモンの大声が響きわたる。

デュルクは提督に心のなかで詫びた。キャラモンは最新型宇宙船の詳細機能についても、自分と同じくらいよく知っている。化石うんぬんというのは、相手の奇妙な言動に対する先入観でしかなかったのだ。

ふたりは《リザマー》でスタートするさい、搭載コンピュータに〝フリッツ〟と呼びかければ応答するように設定していた。キャラモンの質問にフリッツは、

「未知の重力現象です」と、応じる。一連の座標データを告げて、同時にスクリーンにも表示し、「すでに中和しました」

《バジス》兵器主任を名乗るレオ・デュルクは、疑わしげにデータを見つめた。スペース＝ジェットを襲った未知重力の値《あたい》が一定なのだ。八十分前に《バジス》をスタートした小型機が、すくなくとも母船から見て相対速度で移動していることを考えると、このデータはおかしい。自然現象なら重力価に変化が見られるはず。おまけに、著しく大きな値いである。どちらかというと脆弱なスペース＝ジェットのエンジンが、どこまでこれを補整できるのか。

どうやらキャラモンも同じことを考えたらしい。

「いうことはそれだけか、フリッツ」と、叱責口調で、「重力の発生源はどこだ？　対応策は？」

「発生源はわかっていませんが、狙い定めたものでしょう。そうでなければ、急に重力現象が生じた理由は説明できません」

「牽引フィールドか？」

「ありえます」

「こちらのエネルギー・ストックはどうなっている？」

「いまのところ対処できていますが、未知フィールドの強度があと十パーセントあがったら……」

フリッツはおしまいまでいわず、言葉を切った。まるで人間みたいだ。デュルクは光あふれる大型スクリーンを見あげた。このはてしない明るさのどこかに、ローランドレすなわちアルマダ第一部隊がかくれている。それについて知る者はだれもおらず、ここの出自であるアルマダ王子ナコールでさえ、星系の規模を持つ構造体ということ以外なにも知らない。探知機やその他の手段で確認するのも不可能だ。かりにローランドレが質量を持つ物質だとすれば、とてつもない重力フィールドが発生するはずだが、そういった形跡は見られない。

デュルクはキャラモンの視線を感じて、思わずわきによけた。

「どう思う、兵器主任？」

ペリー・ローダンがこのミニ遠征メンバーにレオ・デュルクとクリフトン・キャラモンを指名したとき、デュルクは声を大にして抗議したもの。しかし、ローダンは頑として譲らなかった。そこでデュルクは、キャラモンに向かってこう告げた。

「あなたがだれを相手にいつもの口ぶりを発揮しようと勝手ですが、わたしには通用しませんよ。〝貴官〟なんて呼びませんし、操縦士はわたしなんですから、指示にしたがってもらいます。それが気にいらなければチーフに文句をいってください」

これに対するキャラモンの反応に、デュルクはぽかんとなった。今後けっして忘れることはないだろう。ＣＣはにやりとして、こういったのだ。

「いいとも、レオ」

それ以来、いわば〝氷が溶けた〟わけだが、デュルクはまだ疑わしく思っていた。《リザマー》には武器の類《たぐ》いを大量に積みこんである。これはデュルクがキャラモンの要望でしかたなくやったことで、ローダンには内緒だ。きっと許可しなかっただろう。それでも、提督から追加で武器を持ちこむ意義を言葉巧みに語られ、ついにノーといえなかったのである。

「なにを考えているんです、提督？」

キャラモンは緩慢な動きでデータ表示装置をさししめし、

「だれかがわれわれに狙いをつけている。フリッツによれば、まだ捕捉はできていない。われわれの目的はローランドレを調査することだ。だったら、こっちから捕まってはどうかね？」

ふたたび軽い揺れが《リザマー》の機体にはしった。思わずふたりともデータ表示に目をやる。

「もう結論は出てるじゃないですか」デュルクはぶつぶついった。

「エネルギーが切れそうです」フリッツが報告。

「着陸しろ」と、キャラモン。「なるべくお手やわらかにな」

＊

レオ・デュルクは行動に出たくてうずうずしていた。こんな状況に慣れていないのだ。正体がわからないものの出現を座して待つなどというのは、性に合わない。それでもクリフトン・キャラモンの態度を見習おうとした。提督は彫像のように堂々としてデータ表示装置を見つめ、リラックスした雰囲気である。

腹がたつ。ローランドレなんてくそくらえだ。銀河系船団はこの数週間、わけのわからないものと戦ってきた。どんなわずかな情報も貴重だったから。まずは四つの関門を通過し、そのときはクメキルと名乗る千変万化の門番に手こずらされた。その次は前庭に飛んださい、門閥の面々とひと悶着あった。ようやく本来のローランドレ領域にきたものの、ここですべてが明らかになると思ったら大まちがいで、状況はますますややこしくなった。銀色人すなわちアルマダ工兵が先着しており、銀河系船団にアルマダ蛮族の軍勢をけしかけてきたのだ。このはてしない明るさのいたるところに危険がひそんでいる。

こうした不確実な状況に鑑《かんが》み、ペリー・ローダンは周囲を観察して情報を集めるべくミニ遠征隊を送りだすと決めた。各偵察隊はメンバーふたりからなり、《リザマー》と同じミニ・スペース＝ジェットで飛ぶ。この小型機なら銀色人の注意を引くことはあるまい。かれらの関心は銀河系船団の二万隻に向けられているから。船団は《リザマー》の背後にいて、低い相対速度で移動している。そう考えたデュルクは、冗談のように感じた。なにとの相対だ？　この、どこまでも無限に明るい荒涼とした場所には、どんな関連ポイントも存在しないのに。

ぜんぶで十一のミニ遠征隊ペアがほぼ同時に《バジス》からスタートした。アラスカ・シェーデレーアとカルフェシュ、ジェン・サリクとフェルマー・ロイド、イホ・トロトとタンワルツェン……などなど。レオ・デュルクとクリフトン・キャラモンもそのひとつで、任務は表向き、自由偵察ということになっている。なにが自由だ、と、デュルクは思った。まともな任務もはじまらないうち、もう鉤竿に捕まったじゃないか。コンソール上に浮遊するハイパーカムのマイクロフォンを、せつなげに見る。かれはコミュニケーションを重視する男なのだ。《リザマー》のようすを《バジス》に知らせたい。だが、何度も実験してみたところ、ハイパー通信シグナルはローランドレ近傍の光あふれる空間にすべて吸収されてしまうとわかった。銀河系船団に連絡する手立てはないということ。

デュルクは不愉快な気持ちでデータ表示装置の数字を追った。《リザマー》が方位確認に使っている座標データは《バジス》のポジションが起点になる。ゼロ平面は多かれすくなかれ任意に定義され、スペース＝ジェットのコースはそこから直線のかたちであらわされる。いま搭載コンピュータがしめすコースには、異重力フィールドのせいで本来のコースとのずれが生じていた。《リザマー》は光あふれる世界のいずこかにある未知のゴールへまっしぐらに向かっている。ひとつ安心材料があるとすれば、一定の速度で降下していることだ。

「見えた」クリフトン・キャラモンがいった。

デュルクは驚いて大型スクリーンを見あげる。そこにうつる映像はわけがわからず、なんなのか理解するのにしばらくかかった。もう一様な明るさはなく、スクリーン中央になだらかな黒い曲線が見えた。まるで、明るさという霧が晴れて、これまでかくれていた風景が出現したようだ。曲線はしだいに太くなる。実際の色は黒というより明るいグレイがかったブラウンだが、まわりの白光とのコントラストで黒っぽく見えた。不規則な畝《うね》のようなものがつくりだす模様が見えてくる。

「なんだ、これは?」と、デュルク。

コンピュータは自分への質問だと思ったらしく、

「ローランドレの表面の一部です」と、答えた。「近距離探知が反応しました。非常に大きな障害物が目の前にあります。相対落下速度は六千九百九十メートル毎秒」

キャラモンは立ちあがってロッカーを開け、セラン防護服二着を無言でハンガーからはずすと、その場にひろげた。ふたりがそれを着用するあいだ、フリッツはふたたびしゃべりだす。

「地理的条件は不明。通常の方位確認理論も通用しません。たがいに垂直になった平面がふたつあるのはたしかです。重力はわずかで、強さはまちまち。正体不明の金属体あり。真空環境。動きはどこにもなし」

デュルクがヘルメットをたたんで押しやると、肩のまわりをフードで飾っているようになった。

「やめろ!」と、どなる。「もういい。どうせ自分の目でたしかめるしかないんなら」

「あなたがそれほど怒りっぽいとは知りませんでした」コンピュータの辛辣《しんらつ》な応答だ。

「黙れ」

クリフトン・キャラモンがにやりとする。デュルクは自分に腹がたった。コンピュータに八つ当たりするなんて、こんなばかな人間はそういまい。

「だれしも度を失うことはある。それが人間らしさだ」キャラモンがまじめにいう。そこにふたたびフリッツの声。

「お時間があるようなら、スクリーンをごらんください」

スクリーンにはちがうものがうつっていた。グレイブラウンの曲面は消えて、光あふれる虚無空間に金属の輝きを持つ直線が、画面の右から出て左へ……あるいは左から出て右へ消えている。観察者がどの方向から見るかによって異なるということ。

「当機はこれに向かっています」と、コンピュータ。「減速価が増大しました。相対速度はわずか四ないし三メートル毎秒」

竿だ、と、レオ・デュルクは思った。虚無空間のどまんなかに、金属の竿が一本。脈拍が速くなり、パニックに襲われそうになるが、どうにかこらえる。未知構造物から目をはなせない。

「注意。接地します！」と、フリッツ。

軽い衝撃が機体にはしった。鐘の音に似た明るい金属音が響きわたる。兵器主任は、自分の脚がよりしっかりと床に張りついたのがわかった。《リザマー》の人工重力にくわえて、金属竿から重力フィールドが発生しているせいだろう。

スクリーンに近よってみるが、この輝く竿がなんのためにあるのかはわからない。断面は直径二十メートルほどの円形で、スペース＝ジェットがくっついている表面は継ぎ目もなくなめらかだ。

「ぐずぐずしていられない。逃げなければ」と、キャラモンがいう。

「そうかんたんにはいかないと思いますね。ジェットを拿捕《だほ》したのがだれにせよ、やすやすと逃がしてはくれないでしょう」デュルクは答えた。

「その意見に賛成です」と、フリッツ。「牽引フィールドは消えましたが、かわりになんらかの作用が働いています。そのせいで機体が金属竿の表面に捕らえられたのです」

デュルクはしだいに不安になった。フリッツが〝なんらかの作用〟といったからには、その背後にどんな力があるか特定できないのだろう。

キャラモンがなにかいおうとしたが、言葉を発する前に床が震えはじめた。どこか近いところで大きな車輪が通りすぎていくような振動を、はっきり感じる。それが四秒間つづき、またしずかになった。

男ふたりは申し合わせたように、いつもフリッツの声が聞こえてくるほうに目を向けた。質問を口に出す必要はない。コンピュータは自分の役目を知っているから。

「ただいま分析中」ふたりのいらだちを感じとったかのごとく、フリッツは応じた。

「機体に生じた振動は金属の竿から発したものです。竿の上方から……」

人工重力があれば任意に上下を変更できるため、それを区別したところで現実的には役にたたない。《リザマー》のものと金属竿のもの、ふたつの重力フィールドが重層しているせいで、司令コクピットでは、床に対して完全な垂直ではないベクトルが生じていた。コクピットはかたむいて感じられるし、スクリーンにうつる白光のなかの金属竿はななめ上に伸びているように見える。

ふたりで分析結果をじりじりと待つうち、一分が経過。デュルクはふたたび振動を感じた気がしたが、わずかな揺れだったので、勘ちがいかもしれないと思いなおした。だが、そうではなかったのだ。フリッツがすぐに報告してくる。

「気づいたでしょうか。たったいま振動の反響を感知しました。金属竿がどこか下のほうに固定され、その衝撃が反映されたのです。竿の素材が判明すれば、その物質が音を伝える速度を計算でき、固定個所がここからどれくらいはなれているか確定できます」

いいおわったとたん、あらたに機体が震えはじめる。

ようやく振動がおさまると、フリッツが告げた。

「悪いニュースです。なにか物体が接近してきます。どうやら金属竿をレールのように使って移動しているようです」

「大きさは？　武装しているか？」キャラモンが食いつく。

「悪いニュースというのはそのことです」と、コンピュータ。「武装については不明ですが、わたしの計算が正しければ、相手は《リザマー》がゆうに四機かくれられる大きさです」

デュルクはキャラモンと目を合わせ、いった。

「逃げましょう」

＊

クリフトン・キャラモンとレオ・デュルクは明るい真空空間に出た。キャラモンが支度に長い時間をかけたので、デュルクはあやうく癇癪《かんしゃく》を起こすところだった。ようやくエアロック・ハッチにあらわれた提督の前には、機内に持ちこんだ武装のほとんどをのせた小型の浮遊プラットフォームがあった。

ふたりはグラヴォ・パックを作動させた。金属竿からくるわずかな重力など、当てになりそうもないから。

「この代物でなにをするつもりですか？」デュルクは訊いた。

「身を守るのだ」キャラモンがぶつぶついう。「だから、こいつを持ってきた」

「いっておきますが、リーダーはわたしです。発射命令はこちらに一任していただきたい！」

キャラモンの顔は白光が反射するヘルメット・ヴァイザーの奥にあって見えない。それでもデュルクは、自分の非難を聞いて提督が皮肉な笑みを浮かべるのを肌で感じた。

「了解した、兵器主任」と、ヘルメット・テレカムから返事が聞こえる。「ただし、きみの発射命令が遅きに失して行動不能になった場合、わたしは独断で動く」

デュルクはむっとする気持ちをこらえ、グラヴォ・パックを調整した。金属竿に沿って低速移動してみて、どこまで視界がきくかたしかめようと思ったのだ。

一キロメートルはなれたところに行くと、白光はミルク色の霧みたいになった。遠ざかるにつれ、金属竿の一部が目に見えてちいさくなる。二キロメートルはなれると、キャラモンの姿も浮遊プラットフォームも視界から消えた。さらにその倍の距離を行くと、もう《リザマー》もぼんやりした染みにしか見えない。そこにあると知っているから認識できるだけのことだ。竿はみじかい一本の棒がうっすらと見えるのみ。

かれは引き返した。つまり、この乳白色の明るさのなかで視界がきくのは四キロメートルまでということ。セラン防護服で動ける速さを考えたら、たいした距離ではない。ただ、移動は慎重にしないと。この環境では、最高速度でも一・五ないし二キロメートル毎秒というところだろう。

「急いだほうがいいでしょう」フリッツの声が聞こえた。「例の物体はもう数十キロメートルまで近づきました。その動きは間欠的で、くりかえしなにか確認しているかのようです。しかし、いったん動くと非常に高速です」

デュルクが近づくと、竿は振動していた。上下に震える動きが見られる。未知物体が接近しているのだ。またフリッツが報告してきた。

「予感というのはコンピュータにふさわしくない表現ですが、それでもいいます。次に物体が動くときは、そのままゴールに到達するという予感がはっきりします」

デュルクはフリッツの意見を尊重することにした。コンピュータは未知物体の動きから綿密に割りだした結果、そのように告げたはずだから。グラヴォ・パックの速度をあげる。

「いいぞ。キャラモンはこれを見逃さず、からかうような口調でいった。

「急がないと、発射命令が手遅れになりかねんからな」

デュルクは皮肉を聞き流し、

「位置につきましょう」と、応じる。「二キロメートルはなれれば、通常の光学手段では認識されなくなります。あそこへ」

金属竿の長軸から見て垂直方向を指さすと、キャラモンは反論することもなく動きだした。デュルクもあとを追う。コンピュータのさらなる指示を期待したが、フリッツが連絡してきたのは次の一度だけだった。

「これが最後のメッセージです。物体は十五キロメートルまで迫り、かなりの速度で近づいています。じきに見えてくるでしょう。傍受防止のため、作動停止します」

かちりとヘルメット・テレカムが鳴って、あとはざーという単調な音が聞こえるだけになる。もちろん、なにものでも銀河系船団の情報コードを即座に解読してフリッツのメッセージを理解できるとは思えないから、そこは心配しなくていい。だが、《リザマー》の外側アンテナから発信されたシグナルを相手がとらえたとしたら、乗員の一部が脱出したことに気づくかもしれなかった。

「ここで二キロメートルだ」キャラモンが制動をかける。

かれは慣れた手つきでプラットフォームを、つねに《リザマー》の陰になるように運んでいた。武器類はすぐに調整・使用できるべく配置されている。提督はそれらの最終確認をはじめた。足の下にかたい地面があるようにまっすぐ立ち、涼しい顔でこれら致死性のマシンをいじっている。そのようすはまるで、楽器を調律する熟練の音楽家のようだ。まったくたいした男だと、デュルクは認めざるをえなかった。

そのとき突然、鈍く響くゴングのような奇妙な音がした。発信源はどこか。この一様な明るさのなかに音を伝える媒体などないのだから、ヘルメット・テレカムを介して聞こえてくるはずだが。しかし、そんなことより、なんの音かということのほうが問題だ。例の未知物体が音の出どころだと、デュルクは本能でわかった。

それまでキャラモンのほうに注意を集中していたかれは、おもむろに振り返り、金属竿の表面に《リザマー》が固定されている場所のほうを見た。

「なんてこった！」思わずうめき声をあげる。

＊

ミニ・スペース＝ジェットの四倍の大きさだとフリッツはいったが、そんなものじゃない。ひかえめにいっても十倍はあるだろう。重巡洋艦サイズの物体だ。

姿はいびつで縦にすこし長く、多くの関節を持つ長い脚六本で金属竿に絡みついている。まるで、網の上を動くクモみたいに。金属でできているが、竿のような光沢はなく、色は鈍いグレイだ。それが音もなく移動するようすは不気味というしかない。

クモは《リザマー》から数十メートルのところで停止した。鋼鉄製と思われる表面にはツバメの巣に似た構造物がいくつもついている。楕円形の開口部も見えた。窓だろうか。このクモは乗客を運ぶのか？

巨大グモは動かない。デュルクは想像力を働かせてみた。スペース＝ジェットを外から検分しているんだろうか。ロボット脳を使って、なにが自分の網にかかったのか調べているのかもしれない。数分が経過。すると突然、鋼鉄の怪物に動きが生じた。

長くしなやかな把握アームが八本、金属ボディからあらわれる。《リザマー》を捕獲するかに見えたアームは、まるで小型艇が存在しないかのようにその外殻を突きぬけ、スペース＝ジェットをせっせと切断しはじめた。レオ・デュルクは思わず叫び声をあげる。すべては恐ろしいほどの速さで進んだ。アーム五本が《リザマー》を輪切りにし、のこり三本はそれをクモのボディ後部にあるたいらな表面にならべていく。

デュルクが考えたのはフリッツのことだ。もちろん、ただのコンピュータにすぎないが、とびきり人間くさいマシンだった。〝かれ〟の記憶バンクや通信チャンネルやプロセッサーを、冷酷で感情を持たない金属アームが切り刻んだと考えると、兵器主任の胸を冷たい怒りが満たした。

「攻撃!」と、歯嚙みしながら命じる。

「当然だな」キャラモンがうなるように応答。

太股《ふともも》ほどもあるグリーンのビームが乳白色の光をつらぬく。鋼鉄のクモの外被にぎざぎざの穴があいた。ほんの一瞬、金属の蒸気が雲となってあがり、やがて真空に吸いこまれる。

グレイの巨体ががくんと揺れた。《リザマー》はもう尾部しかのこっておらず、あとはすべてクモの背中にのっている。

「覚悟しろ。宣戦布告だ!」と、キャラモン。

クモは竿に沿って百メートルほど滑ると、アーム八本のうち一本をテラナーふたりに伸ばしてきた。キャラモンが浮遊プラットフォームごと上昇して白光のなかに消え、それを視界のはしでとらえたデュルクは、その場でグラヴォ・パックをベクトリングし、運を天にまかせて逃げ去る。危機一髪だった。アームが赤熱《せきねつ》し、毒々しいむらさき色のビームがはなたれたのだ。デュルクは肩に衝撃を感じ、からだがぐるぐる旋回するのがわかった。すぐにグラヴォ・パックが姿勢を調整し、セランが旋回運動をとめたが、しばしのあいだ方向感覚を失ってしまう。《リザマー》の残骸は自分の背後にあり、鋼鉄の巨大グモはそこに浮遊している。デュルクはキャラモンの姿を探した。

右のほうで閃光がはしり、クモのボディがはげしく揺れた。アパート一棟ほどもある炎の壁が生じてふくらみ、それが破裂すると、溶解した鋼鉄が鬼火のごとく飛び散る。巨大な異物体はよろめき、一瞬、金属竿の周囲を回転するかに見えた。ツバメの巣に似た構造物が表面から剝がれたのは、そのときだ。命中ビームによるものか、クモの内部で分離メカニズムが働いたのかはわからない。デュルクはただあっけにとられ、窓だと思った楕円形の開口部から鋼鉄のクモのミニチュア版に見えるものがあふれでてくるのをじっと観察した。それらはすごい速さで逃げだし、数秒後には明るい霧のなかに姿を消した。

最後にはクモも、がくがくとぎこちなく動きだした。把握アームは引っこんでいる。CCは明らかに急所に命中させたのだ。クモはもはやスクラップにすぎず、敗北の地から遠ざかっていく……徹底的に破壊されるのを避けたのかもしれない。一分後には見えなくなった。のこったのは金属竿と、そこに引っかかった《リザマー》の尾部だけだ。

デュルクの上方、光あふれる空間に黒っぽい染みがひとつ生じ、みるみる大きくなる。クリフトン・キャラモンだ。浮遊プラットフォームはない。

「くそ、これほどかんたんにやられるとは」提督が苦々しげに吐き捨てる。「信じられないほど逃げ足の速いやつらだ。もしわたしがすぐに離脱しなかったら、至近距離でプラットフォームが爆発していただろう」

「やつら?」

「見なかったか?　上部構造物から這いでてきたミニチュア版のクモ生物だ」

「有機体ということですか?」

「この目で見たかぎり、そうだな。やつらの巨大兵舎をさんざんな目にあわせたものだから、わたしに腹をたて、小型兵器をくりだしてきた。おかげでプラットフォームが、つまり武器庫がおしゃかだ」

それを聞いてデュルクはなぜかほっとした。キャラモンにいわれて積みこんだ武器の数々を、最初から不気味に感じていたのだ。かれは基本的に武力反対の立場ではない。つまるところ《バジス》の兵器主任なのだから。しかし、乗員ふたりからなる遠征隊の装備としては、さすがにあれは分不相応だろう。プラットフォームを失ったからといって、まったく無防備になったわけではない。セランの標準装備であるブラスターは、まだぶじだ。

「とりあえず、やつらに多少の作法はしめしてやったな」キャラモンがこの半時間の出来ごとを総括する。「すぐにふたたび攻撃してくることはあるまい」

「そうですね。ただ、このあとどう行動したものか。輸送手段がなくなったのだから、たよれるのはセランの装備だけですよ。どうします？」

「われわれの目的はローランドレを調査することだ、せめてすこしでも」キャラモンは迷うことなくいった。「わかったのは、ここに金属竿という網で動く鋼鉄のクモがいて、なかにクモ型生物が乗りこんでいること。クモが消えたのは右のほうで、それはわがプラットフォームを破壊したクモ生物がとったコースでもある。つまり、われわれが行く道は決まった。とにかく情報を集めなくてはならん。そうだろう？」

兵器主任はうなずく。鋼鉄のクモは金属竿に連結されているように見えた。レール上を動く列車と同じということ。この竿をたどっていけば、いずれ見つかるだろう。

2

白光のなか、ふたりは金属竿から二百メートルはなれたポイントにいた。目視できる方位確認手段はこの竿のみ。スタート前、《リザマー》の残骸がある位置に合わせてセランの制御システムを補整しておいたので、それ以後の動きはすべて綿密に記録・表示される。たとえ予告なしに金属竿が消えたとしても、スペース＝ジェットの尾部まですんなりもどれるだろう。コンピュータが問題なく機能するかぎりにおいてだが。

「あのクモ、どれくらいの距離まで行ったと思いますか？」ついさっき、レオ・デュルクがクリフトン・キャラモンに発した質問だ。

もと太陽系艦隊提督に関して、ひとつだけいえることがある。けっして返答を避けないという点だ。答えを知らない場合ははっきりそう認めるが、それはまれである。たいていはどんな話題にも意見を述べる。

「当然、クモ生物の技術を知らないので推測するしかないが。もしわたしがロボットの監督者だったらどうするか……あのクモがロボットだということは明らかだ……きっと、危険がおよばないポジションまでもどらせるだろう。それから修理部隊を呼び、復旧させる。距離か？　ここの基準からすると判断しにくいが、数百キロメートルといったところかな。むろん、その前にクモが完全に壊れたという可能性もある」

デュルクの考えも似たようなものだった。鋼鉄のクモはあまり時間をかけなくても見つかるだろう。いま自分たちがいるのは未知の場所で、敵味方を極端に区別するキャラモンによれば、ローランドレの住民と思われる者はすべて憎むべき敵になる。デュルクはその考えにとてもついていけないが、それでも、クモ生物とのファースト・コンタクトがまったく平和的なものでなかったことは認めざるをえない。前進するには情報が必要だ。そうした情報を探すのに、壊れて敗走した巨大ロボットの内部よりも適した場所があるだろうか？

ふたりの計算どおりだったことが、驚くほど早く判明した。コースデータを記録するコンピュータ・ユニットの指示にしたがって百八十キロメートルほど進んだとき、乳白色の霧のなかにいびつな輪郭が浮かびあがったのだ。デュルクは即座に金属竿から距離をとり、二キロメートルまではなれる。一時的に異物体が見えなくなるが、しばらくするとふたたび視界に入ってきた。

鋼鉄のクモだ。金属竿すなわち網に引っかかったまま、動かない。どうもキャラモンの命中ビームのせいで何度か二次爆発が起きたらしく、金属外被がいたるところで引き裂かれ、真空のなかで昇華した金属蒸気が黒くかたまって表面に堆積している。前に見たときよりいっそうスクラップ状態に見えた。

デュルクはふたつのことを確認した。第一。ツバメの巣に似た構造物がすべて跡形もなく消えている。あれは移動可能なモジュールで、なかに有機生物が乗りこんでおり、非常時には切りはなして動く乗り物になるのだろう。第二。ロボットがならべていた《リザマー》の切断部分もなくなっている。クモ生物がなんらかの方法で運び去ったにちがいない。

どうやら、鋼鉄のクモはスクラップとなり、見捨てられたようだ。

「では、近くで観察するとしますか」デュルクは提案した。

「気をつけろ」キャラモンが忠告する。「わたしがクモ生物だったら、きっとここに罠をしかけるぞ」

＊

鋼鉄の怪物の表面は穴があいて、縁が黒くぎざぎざになっている。ふたりはそこへと浮遊していった。穴のなかは暗闇だ。グラヴォ・パックの制御装置がわずかな重力フィールドを記録する。すでに《リザマー》で確認ずみの、巨大グモが移動手段に使った金属竿由来の重力である。

　クリフトン・キャラモンは穴の縁を慎重に調べ、

「未知の物質だな」と、結論した。「鋼鉄との類似性はたんなる偶然だ。この物質がセランのセンサーにどう作用するか、わかったものではない。どちらかがここにのこり、見張りをつとめるのがいいかもしれん」

「そんなの無意味ですよ」レオ・デュルクは文句をいった。「探知装置がだめになるようなら、通信機もやられる。見張ってたって、相手に警告することもできなくなります。ふたりで行きましょう。情報を集めるといいませんでしたか？　目は四つあったほうが、ふたつより多くのものを見られます」

「ボスの仰せのとおりに」提督が譲歩する。

　真っ暗な空洞を進んでいった。ヘルメット・ランプの明かりが壁に光の輪を描きだす。ふたりはときおりなにげない言葉をかわして、意思疎通を妨げるような作用がスクラップ内に働いていないかたしかめた。クモ型ロボットの中心部に向かっているつもりだったが、数カ所の隔壁や通廊を抜け、空《から》っぽのホールをいくつも通過したところで、方向を確認するのがむずかしくなる。唯一の道しるべはわずかな重力フィールドのベクトルだ。金属竿の方向をしめすから、これが反転したら目的地を行きすぎたことになる。

　前進するうち、空洞のひとつが漏斗《ろうと》状にせばまり、円形断面を持つ通廊になった。目的地につづくようだとデュルクは思い、この通廊を行く。五十メートル進んだところで、床が楕円形の空間に出た。壁は内側にカーブしてドーム状になっており、ありとあらゆる技術機器で埋めつくされている。これまで通過したなかで唯一、空っぽでないホールだ。ふたりはヘルメット・ランプの光芒を上下に滑らせ、壁を照らしてみる。とはいえ、結局のところ最初にかれらの目を引いたのはクモ生物の技術ではなく、ホールのまんなかで床に転がっている、ねじ曲がった姿だった。トルコブルーの防護服に身をつつんでいる。

近づいてみた。金属竿の重力がちいさいおかげで、この不安定な格好のままでいられたようだ。

「わたしを攻撃してきたやつだと思う」キャラモンが淡々といった。

重防護服の外観からわかるかぎりでいうと、楕円形のからだで体長は一メートル半、長い八本の肢。防護服に透明な部分が六カ所あるが、機能はわからない。視界を確保するためのものだったら、クモ生物はかなり多くの目を持つことになる。

外側装備は見あたらなかった。この防護服が技術機器をそなえているとすれば、きっと素材のなかに埋めこまれているのだろう。透明部分のうち二カ所のあいだに、黒く縁取られた穴があいている……手袋をはめたデュルクのこぶしが入りそうなくらい大きな穴だ。これが異生物の息の根をとめた原因ということ。だが、ほかにも答えの出ない疑問がたくさんあった。

キャラモンはあたりを見まわした。ヘルメット・ランプの光が壁に沿って動く。

「どこにも損害個所はないな。わたしもここにくるまで武器を使っていない。だったらなぜ、こいつは死んだのだ？」

「だれかが撃ったんでしょう」

「ああ……しかし、だれが？」

デュルクには興味がない。クモ生物のあいだでなんの内輪もめがあろうが、どうだというのだ？　かれにとって重要なのは、異生物の命を奪ったのが銀河系由来の武器ではないということだけ。

兵器主任は死者の肢を調べた。八本のうち六本の先端に直径二十センチメートルのたいらな皿状器官がついている。その機能は、テラの節足動物を顕微鏡で観察したことのある者には明白だ。これがあるおかげでクモ生物は、ここより高重力のもとでも垂直あるいは逆さまになって移動できる。デュルクはヘルメット・ランプの光を近くの壁に向け、設置された機器類のならび方を確認した。それらはグループ分けされ、各グループのあいだには大小さまざまな通路がめぐらされて、この〝乗り物〟の乗員たちが機器から機器へとうつれるようになっている。まちがいない……この生物はテラのクモみたいなやり方で移動するのだ。壁や天井の上も、床を歩くのと同じくらい安全に動けるということ。

かれは観察結果を提督に伝えた。

「鋭い分析だ」と、キャラモン。「ところで、これをどうする？」

まだ遺体の上を浮遊している。異生物の死に魅了されているようだ。

「われわれがいるのは鋼鉄のクモの制御センターみたいな場所だと思います。これらの機器がなにを意味するのか、一見してもわかりませんが」デュルクは持論を展開した。

「ここを見てまわり、手に入る情報をすべて集めましょう」

キャラモンはクモ生物の遺体をうさんくさそうに見て、

「こいつにはまったくかまわなくていいのか？」と、訊く。

「これを調べたところで、成果はないと思います」デュルクは答えた。

＊

こうして方針が決まり、ふたりは楕円形空間の壁を埋めつくす機器類を調査しはじめた。ひとつのマシングループから次のグループへと浮遊してまわり、そのつど方向確認する。クモ生物の技術は、種族特有のものと種族を超えて通用するものが入りまじっていた。無限アルマダの全種族に共通の技術については、とうに銀河系船団でも知られているが、デュルクとキャラモンにとってむずかしいのは、クモ生物が独自に開発した技術機器のほうである。

　とりわけ支離滅裂なマシングループを調べていたそのとき、真空からいきなり目の前にホログラム・スクリーンが出現し、異生物が一名うつしだされた。明らかに、ホールの床に転がっている者の同胞だ。ただ、こちらはありのままの姿で、防護服は着用していない。からだは大きさの異なるふたつの部分に分かれている。下半身はずんぐりした楕円体、上半身はそれより細い円錐形の頭部で、センサーのような器官が多数ある。デュルクに見えたかぎりでは、目は六つあるようだ。それで死者の防護服にのぞき窓がたくさんあったわけか。先端に皿状の吸盤がついた脚が六本。のこり二肢は上半身から出ている。デュルクが驚嘆して3D映像に見入っていると、この二肢がはげしい身ぶりとともに動きだした。異生物の上半身と下半身は細くくびれた器官によってつながっているが、いずれも体毛が濃く、グレイの毛皮のようだ。どこか見えないところにある光源の反射で輝き、つやつやとやわらかそうに見える。

　円錐形頭部の上から三分の一のところに、不規則な間隔でたえず震えながら動く三角形の開口部があった。なんだろうと考えをめぐらすあいだに、デュルクのヘルメット・テレカムにキャラモンの声がとどいた。

「どう見ても、こちらに話しかけているぞ」

　一秒が経過。かちりという音がして、ふいにアルマダ共通語が聞こえてきた。きんきんと甲高《かんだか》く、歯擦音《しさつおん》がまじったような声だ。

「……罰せられなくてはならない」

グレイ毛皮の八本脚生物の声だとわかり、デュルクはびっくりした。ランドリクスはわが種族の誇りだ。

「ランドリクスを不当にあつかう者は、かならずや裁きを受ける。ランドリクスはわが種族の誇りだ。同種のマシンはほかにもあるが、これがもっとも完成度が高い」

異生物はそこで間をおいた。これを利用してデュルクが口を開く。

「攻撃してきたのはそっちじゃないか。われわれのほうは正当防衛だ」

通信がつながっているのか、定かではない。一方向のみの回線で、クモ生物にこちらの声が聞こえないこともおおいに考えられる。やはりそうだったらしく、相手はまったくおかまいなしに先をつづけた。

「ガルウォは生来、平和的な種族である。おまえたちのように無力な者を罰するのは忍びない。だが、埋め合わせはされなければならぬ。おまえたちをネット賤民に引きわたす。かれらは近くにいる。もう逃げられない」

声がやんだと思うと、映像はあらわれたときと同じくたちまち消えた。

「どういうことでしょう？」デュルクは困惑した。

「ずうずうしいやつ。脅して委縮させようというのだろう」キャラモンは怒り心頭である。「ネット賤民だと。くだらん！　八本脚め、われわれのことを恐れていて、動揺させるつもりなのだ」

「そんな軽く考えていいんですか？　いままで相手はこちらを見失ったものと思っていましたが、ずっと観察していたにちがいありませんよ。われわれがいつスクラップに入ってきたか、知っていたんです」

「どうやら、まだ機能するセンサー・メカニズムがあるようだな。それでこちらの存在がわかったのだろう」

デュルクはクモ生物の奇妙なメッセージを頭に思い起こしてみた。わかったことはあまり多くない。もちろん、音声接続の確立が遅れたせいで最初のほうの言葉は聞き逃したわけだが、それでも大部分ではないはずだ。

クモ生物の種族名はガルウォで、自分たちの姿に似せた外見のロボットをつくったのもかれらということ。クモが網の上を歩くように、ロボットは金属製の竿に沿って移動する。このロボットの名前はランドリクスで、ガルウォにとってはとくに貴重なものだった。ガルウォは平和的種族を自任しているが、どこか近くに、かれらより身分の低い〝ネット賤民〟という名の生物がいるらしい。

クモ、クモの糸、ネット賤民……デュルクの意識のなかで、節足動物の末裔《まつえい》である一種族の映像が浮かびあがった。かれらの住まいは鋼鉄の糸でつくられたネットで、それがあるのはおそらくローランドレの表面だろう。とはいえ、たいらな面にネットを張ることはできない。《リザマー》が牽引フィールドに捕まったすこしあとにフリッツが告げた言葉を思いだす。ずいぶん混乱した内容だった。ローランドレ表面には、一様でない景色がひろがっているにちがいない。窪地や穴といったものがたくさんあるのだろう。ガルウォはそうした穴のひとつにネットを張っているのだ。デュルクがそこまで考えたとき、キャラモンが口を開いた。

「たったひとつ気にかかるのは、あの死者のことだ」

兵器主任はあわてて、思わず言葉を発した。

「いっておきますが、CC。状況はまったく見通せません。ガルウォのいったことはたんなる脅しじゃない。わたしは真剣に受けとめますね。ここにいたら捕まりますよ。逃げるが勝ち……」

かれは本能的に一装置のレバーをつかみ、重装備のセラン防護服ごと方向転換した。勢いをつけ、出口のほうに向かおうとする。

ところが動きだした瞬間、鋼鉄の巨大グモの構造体に衝撃がはしるのを感じた。マシンブロックの振動が防護服の素材に伝わり、鈍い音が響きわたる。まるで大きな鐘が鳴っているみたいだ。

遅すぎた、と、デュルクは思った。あと数分早く逃げだしていればよかった。

＊

セラン防護服のコンピュータ制御にまかせて、ふたりはきた道をもどっていった。レオ・デュルクは防護服の機器類の表示に注意をはらう。ヘルメット・ヴァイザーの内側左上にある小型スクリーンに目をやると、まぶしい光があった。なぜ警告シグナルが出ないのか不思議だ。もしや、自分の勘ちがいか？　鋼鉄のクモの体内をはしった衝撃には、たいした意味がなかったのか？　それとも、この異質な環境でたんにセンサーが機能しなくなったため、警告が出ないだけなのか？

クリフトン・キャラモンにこれを告げてみる。提督は、こんなときいつも好んで使う皮肉なコメントをひかえて、まじめにデュルクの言葉を受けとめた。ふたりは発射準備のできたコンビ銃を手にし、壁に這いつくばるようにしてランドリクスの開口部へと急ぐ。デュルクはのぼり口のすぐ下で停止すると、縁がぎざぎざになった穴から見えるかぎり、周囲のようすをみてみた。最初はなにも異状ないと思えたが、すこし前に身を乗りだしてみると、それが見えた。

鋼鉄のクモが移動用に使っていたのと似たような金属竿が一本。ただ、こっちはもうすこし細くて、直径は二十メートルでなく十五メートルだ。表面は染みだらけで、腐食がはじまったようにざらざらしている。染みのある竿はななめ上に高く突きでて……

〝高く〟とか〝上〟とかいう定義はデュルクが勝手に決めたものだが……折れたようになった先端がクモ型ロボットの表面近くにある。その先端のすぐ下では、クモの外被がすこし変形してへこんでいた。竿が衝突したらしい。デュルクがクモの制御センターで感じた衝撃はこれだったのだ。

「どうした？」キャラモンがじりじりして訊いた。「だいじょうぶか？」

兵器主任は提督に、うしろにひかえているよう指示する。CCの勘をあてにするわけにはいかない。ヘルメット内側の小型スクリーンをチェックしたところ、装置は染みだらけの金属竿を問題なく探知した。機器類は機能しているようだ。

「だいじょうぶなように感じますな」と、ぶつぶついう。「胃のぐあいがこれほどおかしくなければね」

グラヴォ・パックをベクトリングし、開口部から外に出る。すぐあとからついてきたキャラモンが、おかしな竿を見て驚きの声をあげた。デュルクは染みだらけの表面へと進んでいく。近づくほどに、この濃褐色の染みは実際に錆《さび》であることが判明した。錆が生じる……真空空間で？

そのときどうして突然に振り向く気になったのか、あとから考えてもデュルクにはわからなかった。意識のどこか、シナプスがはしっているところで、本能がシグナルを受けとったにちがいない。振り向くと、〝かれら〟がいた。クモ型ロボットの上部構造物の陰にかくれていたのである。侵入者ふたりがどこに姿をあらわすか、明確にわかっていたらしい。かれらの防護服は錆と同じ色で、保護色になっている。捨てられたがらくたの山みたいだ、というのが、デュルクが最後にいだいた印象だった。目もくらむようなぎらつく光の壁が襲いかかってくる。頭にはげしいビームの一撃を受け、デュルクはたちまち意識を失った。

＊

かすかな絶え間ない振動を感じ、目を開けて周囲を見まわした。ヘルメット・ヴァイザーのすぐ前に銀色の網がある。気がつくと、デュルクは全身を網でおおわれ、染みだらけの金属面に磁力で拘束されていた。同じ金属面の数歩はなれた場所で、錆色の宇宙服姿が二名しゃがみこんでいる。輝く網のなかで自由になるかぎり、こうべをめぐらせてみたが、ほかの錆色の連中はどこにも見えない。攻撃者はすくなくとも二十名はいたはずだが。クリフトン・キャラモンもいないし、むろん鋼鉄のクモ、ランドリクスも姿を消している。あたりはいちめん、ローランドレの周囲に特徴的な、どこまでもつづく乳白色の光がひろがっていた。

いま寝《さ》かされているのは錆びて染みだらけの竿の表面だ。そこまではわかる。だが、この振動はなんなんだ？　竿が動いているのか？　防護服のわきを手でそっと探ると、コンビ銃がなくなっていた。あたりまえだ！　相手がこちらに武器を持たせたままにすると思うか？

「CC、応答せよ」と、いってみる。

その声の響き方で、通信が切断されているとわかった。くそ、せめてヘルメット・テレカムだけでものこしといてくれればよかったんだが！　それは当然ないだろう。敵は捕虜ふたりが話し合えないようにしたかったということ。手慣れたやつらだ。ガルウォ種族のグレイ毛皮がいっていた、ネット賤民だろうか？

そこでデュルクの注意はそれた。明るい霧のなかから楕円形の輪郭がひとつ、目の前に浮かびあがったのだ。その規模に息をのむ。しだいに大きくなるようすからおよその速度が計算でき、速度からどれくらいはなれているかが推測できた。直径はすくなくとも十五キロメートル、高さは十キロメートルある！　いまはっきりわかったが、金属竿は巨大な卵に向かって移動していたのだ。ザイルがすごい速さで巻きとられるごとく、竿が卵の内部にのみこまれる。

観察できたのは一瞬だったが、卵に似た構造物の表面は最初に思ったほどたいらでなく、多数の出っ張りが不規則な間隔でならんでいた。そのあいだには、プラットフォームのような平坦な個所があちこちに見られた。宇宙飛行物体の発着場ではないかと、兵器主任は思った。とはいえ、乗り物の類いはまったく見えない。かれを乗せた竿は、高さのある半円形の開口部から巨大卵のなかに滑りこんだ。湾曲した天井に堂々たる照明具がいくつもならび、不快なほどまばゆい青白い光を投げかけている。一瞬、人工重力を感知したと思うと、強い減速価がかかり、金属竿の速度がいきなり落ちた。高さがゆうに三十メートルある、トンネルのように長くのびた空間に入る。床に溝のようなものが掘ってあって、竿はそのなかを移動していた。この空間の奥のどこに消えるのかはわからない。

ぎらつく明かりのもと、ここにも崩壊のシュプールがはっきり見えた。壁や天井は染みだらけで、青白い照明の光源もあちこちで機能停止している。竿の移動用の溝は何カ所もぎざぎざになっているし、天井の素材が剝がれ落ちて床に散らばっている。だが、ここの住民はこうした損傷を気にかけていないようだ。修理の形跡はおろか、瓦礫《がれき》をかたづけたようすすら見られない。

竿が停止し、両側の壁にあるハッチが開いた。錆色の宇宙服に身をつつんだ八本脚生物の一群があらわれて、竿の左右に整列する。前側の二肢についた把握器官に、未知の機能を持つ武器をかまえていた。数えたところ、ぜんぶで四十名。自分ひとりのためにこれほど大騒ぎしているのを見て、デュルクは自信を強めた。つまり、CCのいうことはひとつ正しかったわけだ。異生物はわれわれテラナーふたりにかなりの恐れをいだいている。

からだをおおっていた網がゆるんだ。それをクモ生物二名が引っ張ってはずし、無造作に投げ捨てる。ヘルメット・スピーカーに、よく通る甲高い声が響いてきた。

「立つのだ！　戦士たちのあとにつづけ。この武器が見えるな。不用意な動きはつつしむように。万一のさいには、あなたを殺してもいいといわれている」

デュルクはゆっくり起きあがると、アルマダ共通語で訊いた。

「ここはどこだね？」

「トルカントゥルの要塞だ」

「そういわれてもわからん」兵器主任はぶつくさいう。「きみたちがネット賤民か？」

「われわれをそう呼ぶのは〝頽廃《たいはい》の民〟だけだ」と、答えが返ってきたが、どの異生物がしゃべったのかデュルクには判別できない。みな同じに見えるし、かれらの宇宙服についた多数の窓のどこに三角形の口がかくれているのかわからないから。「われわれについてアルネマル・レンクスが警告をあたえたと思うが、かれには大げさなところがある。あなたが協力的態度でいるかぎり、われわれを恐れるにはおよばない」

「アルネマル・レンクスとは？」

むろん、鋼鉄のクモの制御センターで話しかけてきた声の主だとわかっている。自分たちに警告をあたえた者はほかにいない。それでも、あの未知者がローランドレ周縁部文明のこみいった社会構成においてどのような役割をになっているか、デュルクには興味があるのだ。

「アルネマル・レンクスは頽廃の民の首領だ」と、相手は答えてから、こんどは明らかにいらだった調子でつづけた。「おしゃべりはもういい。進め！」

＊

まずエアロック室を通った。ひろめの空間だったので、レオ・デュルクは監視部隊とのあいだに安全な距離をおくことができた。エアロック室まで同行してきたクモ生物は二十名ほど。つい数分前に安心させるようなことをいったわりには、ずいぶん神経を尖らせており、こちらの一挙一動を油断なく観察しているのが態度でわかる。かれはいわれたとおり慎重に行動し、すべて相手の指示にしたがった。過剰反応でパニックになった賤民に計画をだいなしにされたくはない。パラライザーが命中したおかげで、いまだにからだが痛むのだから。

「ここの空気は呼吸可能だ」内側エアロック扉が開くと、ヘルメット・テレカムに鋭い声が響いてきた。「装備を脱いでかまわない」

デュルクはまだいくつか機能している計測機器の値いをたしかめた。空気組成は許容範囲にある。セランとおさらばする気はさらさらないが、かといって賤民たちを挑発するのもまずいだろう。ゆっくりと、重防護服を脱ぎにかかる。空気は暖かく湿っていて独特なにおいがしたが、害はなさそうだ。どうやらクモ生物はテラナーの肺の機能をよく知っているらしい。

賤民たちのほうもやはり防護服を脱いでいた。その外観は、鋼鉄のクモの制御センターにあるスクリーンにうつっていたガルウォと見まちがえるほどそっくりで、からだの大きさも全員、驚くくらい似ている。ただ、二十名のうち一名だけ、ほかより大型だとひと目でわかる者がいた。さっき話しかけてきた個体だと、じきにわかる。デュルクはこれをグループのリーダーとみなすことにした。

賤民たちの防護服は無造作にわきにやられ、そのままエアロック室に置いておかれた。丁重にあつかう価値があるのはセラン防護服だけということらしい。クモ生物二名がセランをかかえて引っ張っていく。

道のりは先が見通せない迷路のようだった。通廊と斜路、シャフトにホール、ひな壇や階段やトンネルが入りまじり入り乱れ、デュルクは周囲の見当をつけるのを早々にあきらめた。セランのマイクロプロセッサーがまだ機能して、移動記録がのこっているかどうかもわからない。のこっていなければ、アウトだ。異宇宙のブラックホールに落ちたようなもの。自力で帰り道を見つけることは絶対にできまい。

CCのことがだんだん心配になってきた。賤民たちは捕虜を引きはなしておくのが得策だと考えたらしい。そうすれば危険がすこしでも減るというのだろう。しかし、本当に危険なのはかれら二十名の持つ武器のほうで、こっちはそれで脅されている状況なのだ。たとえ捕虜ふたりが連絡をとり合ったところで、なにができるというのか？

「わが友はどうなったのだ？」と、たずねてみる。

例の大きな賤民が振り向き、発言した。

「いまにわかる」

それにしても、クモ生物たちはたいへんな健脚の持ち主だった。非常に速く歩くので、デュルクはついていくのが精いっぱい。何度も必死に急いで追いかけるはめになった。しだいに息をするのも苦しくなり、額には汗が流れ落ちる。そうなってようやく賤民たちも、長距離をひたすら歩くような訓練はしていないというこちらの言葉を信じる気になったようだった。

ついに捕虜の体力不足を考慮して、自分たち全員を迅速に運ぶための乗り物を呼ぶことにしたらしい。デュルクはえんえんとつづく道を進むあいだずっと、なぜモーター駆動の乗り物がないのかと不思議に思っていたのだが、これをクモ生物が呼びよせるのを見て謎が一部解けた。

壁に設置された蓋をリーダーが開けると、ひと目でインターカムの送受信装置とわかる機器があった。スイッチをいくつか押し、暗号めいた意味不明の語を急いでさえずる。だが、最後には怒ったように勢いよく装置を受け具にもどし、たたきつけるように蓋を閉めた。ばたんと大きな音がする。どうやらインターカムが故障しているらしい。これほど乱暴にあつかったところを見ると、すぐに修理する気はないということだろう。

一行は先に進んだ。次々に装置をためしていき、ようやく四台めで目的を達成。数分後、バスタブが長く伸びたような形状の乗り物が通廊を浮遊してきた。席は全員ぶんあるが、デュルクはおちつかない。賤民たちがわずか七十センチメートルほどしかはなれてないところにすわり、またもやいらいらと神経質なようすをみせたからだ。それなら、こちらもおとなしくしていよう。

あっけにとられて乗り物を観察する。バスタブの縁は錆だらけだし、リーダーが操縦を引きうけたものの、なかなかエンジンがかからない。見たところ、思いどおりに動かないようだ。反重力モーターによる駆動装置は何十年も手入れされていないらしく、つっかえたようにノッキングする。おかげでバスタブも縦横に大きく揺さぶられた。年季の入ったこの乗り物がもし時速十キロメートル以上出せたなら、デュルクは命の危険を感じていただろう。

それでもやはり、道行きの最後には悲劇が待ちかまえていた。急カーブの通廊を進んでいくだけでもたいへんだったが、カーブのすぐ先の右側に斜路があって、そこをのぼらなければならない。リーダーがコンソールをたたき、いらだって鋭い声をあげると、やっとのことで乗り物は反応した。だが、望みどおりの反応ではない。その時点ですでに斜路ののぼり口を数メートル過ぎており、そこから急に右折して加速したのだ。必然的結果をデュルクは覚悟したが、時すでに遅し。支えにしていたバスタブの縁は、腐食していたため指の握力に耐えられず、崩れ落ちた。衝突音とともにバスタブの前部が斜路にぶつかる。デュルクは座席から投げだされ、賤民のリーダーの頭上を飛びこえていった。こういうときには頭部を引っこめるべきだと一瞬のあいだに考え、肩を前にせりだす。なにか非常にかたい障害物に激突。床に倒れて気を失った。

しばらくして、苦労しつつ起きあがると、賤民がまわりじゅうに散らばっていた。意識のない者も、泣き声をあげたりわめいたりしながら立ちあがる者もいる。前部のつぶれたバスタブが床に転がり、そのそばにクモ生物のリーダーが、武器の銃身をデュルクのほうに向けて立っていた。《バジス》兵器主任は両腕をひろげて平和的意図をしめし、こういった。

「心配するな。きみたちを攻撃するようなことはしないから」

意識のない者たちは、バスタブのスクラップと同じく横たわったままだ。ほかの、すくなくとも四本の脚を使って立てる者たちは、動くようにリーダーから強制された。ぶじだったデュルクのセラン防護服は相《あ》いかわらずクモ生物二名が運ぶことになり、一行は斜路をのぼっていく。デュルクはふたたび汗だくになったが、トルカントゥルの要塞の通廊やホールに乗り物がまったく見あたらない理由については、いまわかった。ここ、ローランドレ周縁部の巨大施設における崩壊の兆《きざ》しは表面的なものでなく、技術製品の核心にまでおよんでいるのだ。

ほっとしたことに、斜路は最後の難関で、それをこえると黄色い照明がともるひろい道に出た。ゆるいカーブを描く通廊が、弓なりに湾曲した壁をとりまいている。壁には高さのあるアーチ形の出入口がいくつか見えた。なにもかも清潔できちんとしており、崩壊の兆しはそれを探そうとしなければわからない。ここが要塞の中枢部であるのは明らかだ。あのアーチの向こうに、要塞を統治するトルカントゥルとやらの部屋があるのだろう。

どうやら推測どおりだったらしく、デュルクは出入口のひとつに連れていかれた。なかは大きなドーム形ホールで、おさえた赤い明かりに満たされている。外の黄色い照明よりはいくぶん暗めで、デュルクは目を慣らすのに苦労した。クモ生物が大勢いるのがわかる。その数名は灰色の毛皮の上に衣服のようなものをまとっていた。衣服といっても、色とりどりの布きれがわずかにおおっているだけだ……そもそもこの八本脚生物のからだにおおう必要のある場所があるのか、はなはだ疑問だが。円形ホールの中央に一段高くなった台座のようなものがあり、とりわけ多くの賤民たちがそこにひしめいている。

だがそのとき、あるものが目にとまり、デュルクは一瞬ほかのことはすべてどうでもよくなった。

台座の二十歩手前にクリフトン・キャラモンが立っていたのだ。武装した監視者たちがつくる半円にかこまれている。けがはないようだ。デュルクに気づくと、キャラモンは片手をあげて合図し、シニカルながらも親しげな笑みを浮かべた。

3

レオ・デュルクは提督のもとに行こうとしたが、監視部隊に道をふさがれた。捕虜同士の接触はまだだめらしい。台座の方向に連れていかれた。その高くなったところに、銀色に光るクッションつきの椅子のようなものがある。ふんだんに装飾もほどこされていた。台座の前にはだれもいない。どうやら、統治者に目通りするさいはテラナーが最前列に立たされるようだ。見張り役は十名にまで減っていた。そのうち二名がいまだにセランを運んでいる。いまはじめて気づいたが、監視部隊のリーダーが胴のくびれのところにベルトを巻いており、そこからデュルクのコンビ銃がさがっていた。

CCに目をやると、状況はやはり同じだ。クモ生物二名がセランを運び、もう一名が武器ベルトをからだに巻きつけている。統治者に捕虜二名だけでなく、その技術の産物も捧げようということらしい。ここにくるまでの出来ごとを考えたら、驚くには当たらないが。

デュルクはあたりを見まわした。大きなホールにはざっと千名以上の賤民がいるが、監視部隊のようにむきだしの外観をしている者はほとんどいない。たいていはなにか布のようなものを金具で留めたり紐で結びつけたり、からだに巻きつけたりしている。地位とか社会的立場をしめすものらしい。なにか国をあげての集まりに居合わせているような感じだ。無理もない。賤民たちの帝国で異人ふたりが捕虜として連行されてくることなんか、めったにないだろう。

薄暗い照明のなか、ホールの壁はよく見えない。装飾らしきものの輪郭がぼんやりわかるだけだ。なぜトルカントゥルが充分な明かりをほどこさないのか、想像できる気がした。明るくしたら、玉座の間もやはり荒廃をまぬがれていないことがあらわになるからだ。ホールの床は清潔だが、見あげると、天井から埃《ほこり》が落ちてくるのがランプの光でわかる。手入れをしていない証拠だ。

そのとき突然、周囲できいきいと大きな音がして、デュルクはたじろいだ。当惑して見まわすと、とりわけ派手な飾りをつけた賤民たちが、三角形の口に円錐形の金属棒をくわえている。かれらの下半身が不格好にふくらむと、この奇妙なトランペットから耳ざわりな金属音が出てくるのだ。なんという下手《へた》くそ！　ひどい演奏だ！

デュルクは思った。王室メンバーを迎えるためのファンファーレか。帰ってからこの話をするのが楽しみだ！

向こうがよく見わたせるようになる。クモ生物たちが腕の役目をする二肢を円錐形のからだの下にたたみこみ、六本の脚で〝休め〟の姿勢をとったのだ。こうすると、背丈は八十センチメートルもない。ただし、監視部隊のリーダーをふくむ数名の賤民は例外だ。いまの姿勢でも一メートル近くはある。それでも兵器主任の視界を妨げるようなことはない。クリフトン・キャラモンのほうを見ると、笑っていた。なんとまあ、この男はこんな状況でもおもしろがっている！

するど、うしろのほうから一名の賤民が台座にあがってきた。その姿にレオ・デュルクは息をのんだ。動いている状態でも背丈が一・五メートルをくだらない。でっぷり太った下半身を見ると、体重はゆうに二百五十キログラムあるだろう。もし、実際にからだの大きさがクモ生物の地位をあらわすのだとすれば、この個体が賤民の統治者トルカントゥルにちがいない。

トランペットの音がやみ、ホールは畏敬の念をしめす沈黙に満たされた。太ったクモ生物が台座上の銀色の椅子に腰かける。驚いたことに、統治者はその地位をあらわすしるしをなにも身につけていない。自分たちをここに連行してきた監視部隊やスクリーン上のアルネマル・レンクスと同じで、グレイの毛皮がそのままむきだしだ。デュルクは知らず知らず、この太った賤民に好感を持った。トルカントゥルは、おのれの地位をあらわす飾りを必要としないわけだ。これは文明化のひとつの証左《しょうさ》である。

ここでふたたび耳ざわりな金属音がホールをつらぬき、デュルクはびくりとした。色とりどりに着飾った伝令が台座の左手からあらわれ、トランペットの音がやむと、こう告げる。

「みなの者、かしこまれ。改革者種族の女王、トルカントゥルのお出ましである」

デュルクはごくりと唾《つば》をのんだ。女王だって？　つまり、大型の個体は女ということか？　太ったのは、このホールにぜんぶで数十名しかいないが。そういえば……と、テラの蜂に思いがいたった。蜂の場合も、やはり雌が……

そこで思考は中断された。クリフトン・キャラモンがこのタイミングで行動を起こしたのだ。もと太陽系艦隊第一師団の総司令官は、最適なタイミングをちゃんとはかっていた。いつものごとく。

＊

トルカントゥルはどっしりした下半身を銀色の椅子に押しこみ、クッションに身を沈めたところだった。両腕をかかげ、三角形の口を開いてスピーチをはじめようとかまえる。全員の注目が玉座のほうに向いた、そのときだ。

「きええええーい！」

クリフトン・キャラモンがサムライのような雄叫《おたけ》びをあげる。デュルクの背中に冷たいものがはしった。提督は大きくジャンプして、監視部隊のリーダーをつとめる大型クモ生物の背中に跳び乗った。その武器ベルトを即座につかんで床に落とすと、驚きで硬直したリーダーの背中を滑り、両手両足でそっと床におりて、ベルトからコンビ銃を引ったくる。

デュルクは信じられない思いがした。人間がこんなにもすばやく正確に動けるものなのか。いまの時代ではありえない。昔の人間はこうだったのだろう……よくも悪くも、とにかく即座に決然と行動していたということ。

銃の発射音が高く響く。その音を聞いて、兵器主任は安堵した。CCはちゃんと麻痺モードにセットしている。クモ生物が次々と意識を失い、倒れた。手はじめの攻撃は二秒もかからない。キャラモンは横たわる賤民たちの背中から背中へとジャンプしていき、最後に大きく跳んで台座に向かう。がたんという音とともに、両足で着地した。二秒もかからない。

女王の円錐形の頭部に銃口を押しつける。トルカントゥルは驚愕のあまり、三角形の口からスピーチのひと言すら発せない。キャラモンの声がアルマダ共通語でホールに響きわたった。

「わたしと友にすこしでもおかしなまねをしたら、きみらは次の女王を探すはめになるぞ！」

CCはそれだけいうと、彫像のごとく立ちつくした。吊りあがったグリーンの目だけが動いてホール内の動きを油断なく追っている。その姿にデュルクは釘づけになり、この男を心から賞讃した。

それでも自分のすべきことはわかっている。振り返ると、監視者たちに向かって大声でいった。

「いまの言葉を聞いたな。武器を捨てるのだ！」

相手がおとなしくしたがったので、ほっとする。女王なんか取り換えがきくと考え、こちらの脅しに対して望ましくない反応に出ることもありえたのだから。デュルクは手を振って監視者たちをさがらせると、リーダー役の大型クモ生物のもとへ歩いていき、「銃を返せ」と、要求。

数秒後、ふたたび自分のコンビ銃を手にして自信が湧いてきた。賤民たちはまったく抵抗しない。まだキャラモンの大胆不敵な攻撃がもたらしたショックの影響下にあるのだろう。デュルクの目がとどかない台座の反対側にも動きはなかった。

「でかした、大将！」提督が褒《ほ》める。「さて、こいつらのなかから何名か選んで集めてくれ。派手な格好をしているのがいい。有力者のようだからな。そのあと、前進するぞ！」

ここではじめて兵器主任は考えこむ。自分たちのやり方は、はたして賢明だったのだろうか。キャラモンの勇敢さとかれ特有の行動欲には感服したし、すばらしい成果もあがった。賤民帝国の中枢部で、その女王を支配下においたのだから。しかし、このあとはどうなるのか？

「前進って、どこに？」と、訊いてみた。

「これから考えるのだ」提督はじりじりしている。「重要な地位にある捕虜が必要充分な数いれば、どこにだって行ける」

　ＣＣの半分でも確信を持てればいいのだが、と、デュルクは思った。とはいえ、いまは疑問を感じている場合じゃない。ネット賤民がいつショックを克服し、数のうえでまさる自分たちが思っていたほど無力ではないと気づくか、わかったものではないのだ。

　デュルクはあたりをひとめぐりし、キャラモンのいった基準にしたがって、派手な色の布を身につけたなかから五名のクモ生物を駆り集めた。いずれもちいさめの個体で、かれの仮説が正しければ男ということになる。選んだ五名を台座のほうに向かわせ、ほかの者たちにはホールの壁ぎわまでさがるよう指示して、まずとにかく出口を開放しろと命じた。

　最後にひとつ、あることに思いいたる。かれの指示に対していちばん不承不承だったのは、監視部隊のリーダーだ。その動きは非常に計算されたもので、誤解の余地ない抵抗の意をしめしながらも、それによって女王を危険にさらすことのないよう、ぎりぎりののろさで移動していた。デュルクはこのクモ生物の前に立ちはだかると、グレイの毛皮におおわれた胴体にコンビ銃を向け、こういった。

「きみはここじゃない。われわれに同行しろ」

「わたしは行かない。無理に同行させることは、あなたにはできない」

賤民の声に軽蔑がまじる。頭上にはむらさき色のアルマダ炎がしずかに揺らめいていた。六つの目がテラナーを射るように見る。

「あそこにわが友が見えると思うが」と、デュルク。「トルカントゥルが殺されてもいいのか？」

「かれは女王を殺さない。殺したとたん、あなたたちは終わりだ」

「どっちにしても終わりだろう」

「それはちがう。前にいったはず。あなたたちが協力的態度でいるかぎり、命の危険はないと」

「とても信じられないね」

そのとき、クモ生物のからだから奇妙なにおいがした。不快なものではない。六つの目がすこし鋭さを失っている。リーダーは戦略を練っているのだ。相手のめぐらしている考えが、レオ・デュルクには手にとるようにわかった。もし異人の侵入者ふたりが本当にトルカントゥルの要塞で命の危険を感じているならば、女王の身は自分が考えるよりずっとあぶないことになる。そうなると、侵入者にとり女王が唯一の防御手段だからといって、絶対に危害をくわえないとはいいきれない……

ついに、クモ生物は心を決めたようだった。義務感が勝利したのだろう。

「行くことにする。だが、このギリナアルが同行するからには、ただではすまない。あなたたちは女王の尊厳を冒瀆《ぼうとく》した。いまからわたしは冒瀆者の死を願う！」

デュルクはまたもや奇妙なにおいを感じた。こんどは死んだトカゲを彷彿《ほうふつ》させるいやなにおいだ。ギリナアルの上半身から漂ってくる。このクモ生物たち、ほかにも自分やCCを驚かせる特質を持っているのだろうか。

同行者六名を台座のほうに向かわせた。

「なんでこのグレイ毛皮を連れてきた？」と、提督。

「ギリナアルって名前ですよ」デュルクは応じる。「思ったのですが、カラフルな格好の者はただの佞臣《ねいしん》にすぎず、玉座の間の外については勝手がわからないのではないかと。ギリナアルはここまで部隊をひきいてわたしを連れてきたのだから、要塞内をよく知っているはずです」

キャラモンはうなずき、

「よく思いついたな」と、インターコスモでひと言。それから頭をあげ、こんどはアルマダ共通語で、ホールのすみずみまでとどく声を発した。「そのままでいろ。女王の命が惜しいなら、おかしな動きはするなよ」

＊

一行は多数ある大きな出入口のひとつを抜け、玉座の間を出た。連れてこられたときとはちがう出入口だ。レオ・デュルクが〝佞臣〟と呼んだ、色とりどりの布を身につけたクモ生物が二名ずつペアになり、セラン防護服を運んでいく。見るからに重そうだ。いまのところ、全体の指揮はクリフトン・キャラモンがとっている。デュルクはよろこんでまかせようと思った。これはキャラモンの計画なのだ。自分には見当もつかない。賤民の捕虜七名を……たとえそこに女王陛下がふくまれていても……拉致《らち》することが、いったいどうして《バジス》へのぶじな帰還につながるのか。結局のところ、重要なのはそこだろう。それとも、ちがうのか？

そのへんを提督と話し合うチャンスはなかった。もちろん、この状況ではクモ生物のだれもこちらの話を理解できないだろうから、インターコスモで会話するのは可能だ。しかし、それには大声で呼びかけるしかない。デュルクは列の先頭、キャラモンはしんがりだから。また、捕虜を油断なく見張る必要もある。とりわけ、もっとも危険な存在と思われるギリナアルからデュルクは目をはなせない。対してキャラモンのほうは、もっぱらトルカントゥルのようすに気を配っていた。女王は提督の前を重い足どりで進んでいる。

全体の歩調はテラナーの速度に合わせていたが、これはふたりのためというよりトルカントゥルに配慮してのことだった。ネット賤民の最高位にある女王は長距離の行軍に慣れていない。重いからだを六本脚で支えるのが困難なのだ。実際、いつもなら容易に持ちあがる上半身はしょっちゅう下にかたむくし、ふだんは腕の役目をする二肢まで床におろし、移動のために使っているしまつである。セラン運搬役の四名も似たような状況だ。かれらのため、途中で何度も休憩しなければならなかった。

そのあいだ、レオ・デュルクはどうにか事態を分析しようとしていた。話のうまさより組織構成力がものをいう戦術学校で学んだやり方……〝状況のパラメータ化〟を使って。こちらのもくろみを成功に導く鍵となるのは、どのパラメータか？

まず、ネット賤民たちが数のうえで優勢という要素がある。玉座の間には千名ほどがいた。そのほとんどはトルカントゥルの廷臣だろうが、廷臣だけで千名なら、この金属卵にはぜんぶで二、三万名が住んでいるかもしれない。ふたり対、三万。じつに士気のあがらない話だ。こちらはせいぜい〝レット・バトラー・コンプレックス〟を発揮するくらいしかできないだろう。これは、どこかで大昔の映画を見たときにデュルクが名づけたもの。どんなに必死でがんばってもおよばない絶望的状況にあって、それでも決然とした態度で最善をつくす人間の心意気をいう。

次に、賤民の技術全般の荒廃という点がある。機能するインターカムもわずかしかない。ネット賤民たちが、よくある監視機器を使って捕虜と誘拐者からなる小グループの動きを追おうとしても、まず無理だろう。トルカントゥルがどこに連れていかれるのか知りたければ、斥候をさしむけて直接見張らせるしかあるまい。キャラモンがそのへんの見通しをつけて動いたのだとすれば、よく心得ている。

三つめに、見通しをつけることが重要になってくる。この巨大構造物をどっちに向かえば、表に出られるのか？　それもどこか任意の場所じゃなく、利用可能な乗り物があるところに。捕虜のだれか、たとえばトルカントゥルかギリナアルが知っているかもしれない。しかし、よりによって捕虜が当の誘拐者に、そのもくろみを成功させるための情報を教えるだろうか？　疑わしいものである。こちらから恐喝するという手もあるだろうが、自分はそんなことしたくない。世間から仮借なき戦士と思われているクリフトン・キャラモンでさえ、やはり同じように考えるだろう。とはいえ、玉座の間に近いこのあたりにはおそらく、制御センターのなごりめいたものがあるはず。ひょっとしたら、まだいくつか作動する機器があって、こちらのほしいデータを呼びだせるかもしれない。考えれば考えるほど、ＣＣが進んでいるのはそうした方向だという確信が強くなってきた。

四つめの要素は補給問題だ。行軍が長くつづくとすると、休息の必要も出てくる。もちろんセランの医療装置サイバー・ドクターがあれば、睡眠欲求をある程度の時間おさえる薬剤が処方されるし、これは後遺症の心配もない。だがそれでも、薬の効果が切れたらどうなる？　捕虜を見張らなければならないときに眠気がきたら、どうすればいいのか？　こちらが二名というのは、ひとつの利点だ。ひとりが見張っているあいだ、もうひとりは眠ることができる。とはいえ、そうすれば行軍のテンポが落ちるいっぽう、危険はますます増していく。

だめだ、どう考えてもバラ色の展開ではない。かといって、惨憺《さんたん》たる状況ともいえないが。運がよければ、ひどい目にもあわず作戦成功となるだろう。しかし、レオ・デュルクは現実主義者なのだ。運というパラメータは計算に入れていない。

一行はキャラモンがうしろから指示するのにしたがってコースを決め、半時間ほど歩いた。ようやく、大きな一ホールにたどり着く。がらんとして、天井の照明は半分ほどしか点灯していない。それでも、トルカントゥルの玉座の間よりはいくぶん明るいようだ。

キャラモンは捕虜たちをホールの中央にかためて集めた。理想的な位置関係だ。自分たちは四方八方を見わたせて、相手に不意を突かれることがない。

「こちらの意図はわかっているはず」と、提督が話しはじめた。「われわれは不可抗力でこうした行動に出たのであり、一刻も早く仲間のもとへ帰還することしか考えていない。きみたちに害をおよぼすつもりもない。乗り物のある場所に連れていってもらいたいのだ。それがあれば、帰れるから。答えを聞かせてくれるか？」

正直に答えるようなおろか者はいないだろう、と、デュルクは思った。ＣＣよ、そんなふうに質問したところで成功するわけないじゃないか。もっとちがうやり方をしないと。そうはいっても、どうちがうやり方ならいいのか、いまは自分にもわからないのだが。

デュルクはキャラモンから二歩はなれて立っていた。銃はとっくにベルトにしまってある。もう捕虜は危険な存在ではないから。提督がからだをすこし横にかたむけた。その身長は二メートル弱。がっしりしてはいるがとくに長身ではないデュルクより、頭ひとつぶん背が高い。

「かれらがこちらの要求をのむとすれば、頭がどうかしているな」ＣＣがインターコスモで声を低めて、「だが、見ていろ。きっとなにかが起きる」

＊

賤民たちはじっとして動かなかった。だれの六つの目にも表情がない。女王トルカントゥルも同じだ。

「なんのにおいだ？」と、クリフトン・キャラモン。

レオ・デュルクも、やはり奇妙なにおいに気づいた。クモ生物のほうから漂ってくる。

そのとき突然、ひらめいた。このにおいはキャラモンの要求と関係がある。かれらの反応をあらわすものということ。クモ生物は気分や感情をにおいで表現するのだ。ギリナアルとみじかい会話をかわしたさいのことを思いだす。こちらが賤民たちの約束を信じないといったとき、不快ではない甘酸っぱいにおいがした。トルカントゥルが唯一の防御手段だとしても、必要ならば殺すことも辞さない、というテラナーの意図を知ったときのことだ。だがその後、同行を決めたギリナアルからは死んだトカゲのようなにおいがした。あれは怒りと軽蔑にくわえ、冒瀆者の死を願うという決意のあらわれだったのだろう。

そうにきまっている。なぜ見すごしていたのか？　からだの腺からの分泌物で感情表現する能力はひろく宇宙に知られているではないか。人間の場合もストレスによって発汗するし、より原始的な例ではフェロモンがある。ある種の昆虫がパートナーを誘うのに使う物質だ。

かれらのにおいに関して、もっと知る必要がありそうだな。デュルクがそう思ったとき、キャラモンが言葉を発した。

「そろそろ答えてもらおう」

押しよせるにおいのなかに、べつのニュアンスがまじった。疑念を呼びさますような刺激臭。これを理解するのはたやすい。デュルクはおもしろがった。これは裏切りのにおいだ。

色とりどりの布を身につけた一賤民が前肢を高くかかげた。発言したいのだろう。

「そちらの要求をのめば、われわれに危害をくわえないと約束するのだな？　とりわけ、われらが女王に」

「約束する」レオ・デュルクとクリフトン・キャラモンがまったく同時に答えた。

「ならば、わたしが先導して乗り物のある場所に案内しよう。そのなかから一機を選び、仲間のもとへもどるがいい」

キャラモンは兵器主任を見て、ちらりと皮肉な笑みを浮かべた。

「あいつをよく見張るぞ」と、インターコスモでいう。「実際、どこに連れていく気かわかったものじゃないからな。だが、道はまちがっていないはずだ」

それから、発言したクモ生物に向かい、

「同胞たちはきみの申し出を承知しているのか？　とくに女王だが」

「承知している。わたしの名はプラアク。異論がなければ、いまから行軍の先頭をつとめる」

「了解した」と、キャラモン。「急ごう。時間をむだにしたくない」

＊

一行はプラアクを先頭に出発した。レオ・デュルクの見たところ、さっきのホールを出てから、それまでのコースを右にそれて進んでいる。いまデュルクが見張っているのはプラアクと、自分の隣りを歩いているギリナアルだけ。あとの捕虜五名の見張りはクリフトン・キャラモンが引きうけている。CCがそう望んだから。かれは、プラアクが自分たちを罠にかけるつもりだと考えている。欺瞞《ぎまん》をいち早く見ぬいて不首尾に終わらせるのがデュルクの役目だ。

ところが、事態は意外な展開を見せた。プラアクはおさえた速度をたもったまま、せまい通廊があらゆる方向に分岐して混乱するなかを先導していくが、けっしてデュルクから数歩以上はなれないよう気をつけている。デュルクの不信感はしだいにおさまり、それとともに警戒心も薄れた。十分ほど歩くと、ぼんやり照明されたひろめの回廊が出現。ゆるいカーブを描く通廊が左右にのびている。

そのとき、トルカントゥルが鋭い悲鳴をあげてくずおれた。キャラモンはベルトからコンビ銃を抜き、苦痛にあえいでいるように見える女王に銃口を向けると、

「なにが起きたのだ?」と、賤民たちに対して声を荒らげた。

トルカントゥルをかこむ廷臣たちを押しのけ、ギリナアルが前に出る。なにか女王に話しかけたが、デュルクは理解できない。トルカントゥルがさえずるような声で応じると、ギリナアルはさがり、六つの目でキャラモンを冷たく見すえていった。

「まずいときに誘拐したものだな。女王は妊娠しているのだ。じきに卵が生まれるだろう」

「これだから女ってやつは。くそ食らえ!」提督がぶつくさいう。

その罵詈雑言《ばりぞうごん》は魂の奥底から出たもののように聞こえた。とはいえ、クリフトン・キャラモンは筋金入りの女性蔑視主義者ではない。おのれの種族に関するかぎりでいえば、むしろ熱烈に女性を讃美している。ただ、危機的状況においては……いまがそうだというのはまちがいない……女に用はないのだ。

デュルクは急いでその場に近づいた。ネット賤民たちのからだから、さまざまな種類のにおいが漂ってくる。どういう感情をあらわすものかわからないが、ひとつだけたしかなのは、トルカントゥルが本当に緊急事態にあることだ。女王の苦しみようは演技ではない。

「どうしますか?」と、インターコスモでたずねてみる。

「卵が生まれるまで待つさ」提督はそういうと、デュルクのほうを見ずに、おかしくもなさそうな笑みを浮かべた。「なにもかも計画どおりだ」

CCはなにがいいたいのか。兵器主任はいぶかったが、それについて考えるひまはなかった。ギリナアルがやってきて、こう告げたのだ。

「女王はここでは出産できない。この苦しみようだと、ほどなく産卵がはじまるだろう。

卵を体内から出したあとの姿を、女王は異人に見られたくないのだ」

「本当に女王がそんなことをいうかね」キャラモンの応答は心ここにあらずだった。その視線は回廊の左にあるカーブを追っている。

デュルクはそちらに振り向いた。なにが起きたか、即座にわかった。プラアクの姿がない。混乱に乗じて、だれにも気づかれないうちに姿を消したのだ。

「いまいましい……」と、兵器主任。

提督は肩をすくめて、

「どうってことないさ」と、乾いた笑い声をたてる。「これも想定内だ。あとは、かれをすぐに探しだせばいいだけのこと」

そこへすさまじいサイレンの音が鳴りひびき、デュルクは縮みあがった。

「これが手がかりだ」音に負けないよう、キャラモンが声を張りあげる。「プラアクは一分もかからず制御センターに着いたということ。見つけだせ！ そのあいだ、わたしはここの状況を掌握《しょうあく》する」

＊

道すがらはっきりしたのは、クリフトン・キャラモンの計画が天才的だということだった。かれは制御センターのことなどひと言も口にしていない。要塞の表に出て乗り物を見つけ、それで《バジス》に帰還したいといっただけだ。そのうえで最初からわかっていたのである……先導権をわたされた賤民が向かう先は、一も二もなく制御センターだろうと。インターカムが機能しないのだから、ほかの要塞住民に自分たちの居場所を知らせないかぎり、助けをもとめることはできない。制御センターに行けば、デュルク自身が単純に考えて結論を出したように、いくつかの機器はとりあえず動くはず。たとえば、警報装置が作動すればそれでいい。

サイレンの音が絶え間なく耳をつんざいた。デュルクは分岐した通廊に沿って急ぎ進み、プラアクのシュプールを追っていく。警報を聞きながら、冷や冷やしどおしだった。そうでなくても、偶然だれかに途中で出会ったら注意を引きつけてしまうだろう。異人の誘拐者が女王と捕虜六名をどこに連行しているか、これでもうすべてのネット賤民が知ったわけだから。

それはクリフトン・キャラモンも見当をつけているはず。というわけで、いまや《バジス》兵器主任であるこの自分にすべてがかかっているのだ。逃げた賤民を探しだし、同時に制御センターも見つけなければならない。どこにあるにせよ、そこに行けばトルカントゥルの要塞の勝手がわかるはずだ。

せまい通廊は入り組んでいる。短時間のうちにプラアクを見つけるのはほとんど期待できない。だがそのとき、分岐のひとつで鮮やかな色の布きれを発見。さらに通廊を行くと、警報音の合間にクモ生物の興奮したひそひそ声が聞こえてきた。

デュルクは開いているドアを急いで抜け、技術機器がひしめく部屋へと入った。その配置は、前に鋼鉄のクモのなかで見たものと同じだ。むきだしの床、ドーム状に湾曲した壁と天井。その内側に機械装置の類いやコンソールや操作盤がきちんと分類されてならんでいる。プラアクは六本脚の吸盤を使って壁のなめらかな表面にくっついていた。その前には光るマイクロフォン・リングがあり、デュルクの見たところ、口調を強めながら熱心にしゃべっている。誘拐にいたる経過を通信相手に報告しているのはまちがいない。とりわけ、現状について知らせているのだろう。あまりに夢中で話しているため、こちらの追跡には気づいていないようだ。

兵器主任は一秒たりともむだにしなかった。ベルトからコンビ銃を抜き、麻痺モードにセットする。甲高い音とともにビームが壁を狙い、プラアクの脚から力が抜けた。吸盤が金属面からはなれ、賤民は床に墜落して横たわる。その瞬間、ずっと背景音として聞こえていたサイレンがやんだ。プラアクが手動で鳴らしていたのだろう。

デュルクはクモ生物が重傷を負っていないことをたしかめに行った。プラアクはさほど体重がない。墜落の衝撃は見た目ほどひどくなかったようだ。六つある目のうち三つが開いたまま、敵意をこめて兵器主任を凝視しているが、動くことはできない。パラライザーの命中ビームで麻痺している。

「すこしの辛抱だ、友よ」デュルクはアルマダ共通語でつぶやいた。「一時間もすれば立てるようになる」

あたりを見まわす。ついに探していたものを見つけたのだ。たとえここにある機器類の一割ほどしか機能しないとしても、ほどなくトルカントゥルの要塞の謎を解明できるだろう。

4

一時間半が経過した。いま、クリフトン・キャラモンは捕虜とともに制御センターのホールにたてこもっている。そこまでの状況は以下のとおりだ。

警報のサイレンに喚起されたネット賤民が数百名、女王を助けようと制御センターに押しよせた。キャラモンはかれらにはっきり、トルカントゥルのことはこれからも自分たちの身の安全を守るための担保として丁重にあつかうと説明。それを聞いてクモ生物はすこしおちついたが、提督と捕虜が制御センターのホールに引っこむのを見て、自分たちも無理やり押し入ろうとする。このあいだに賤民たちの数は二、三千名ほどになり、出入口にひしめいていた。大ホールのなかにいるテラナーふたりと捕虜にいまのところ危険はないが、厄介な状況にはちがいない。すこしでもしくじったら、賤民たちが数にものをいわせて攻撃してくるだろう。かれらは完全武装している。その武器がいいかげんなものでないことは、レオ・デュルクもクリフトン・キャラモンも経験からわかっていた。

兵器主任が捕虜七名をホールのまんなかに集めて油断なく見張るいっぽう、キャラモンは……床から見てわかるかぎりではあるが……機器類を調べ、なにを使えば苦労せずに要塞の謎を解くことができるかと思案をめぐらした。このあいだにプラアクは動けるようになっていたが、トルカントゥルのほうは相いかわらず痛みに苦しんでいる。出産が終わるまではおさまらないらしい。すくなくともギリナアルはそういっていた。

デュルクは捕虜たちから数メートルはなれてすわり、コンビ銃をすぐ手にとれるところに置いた。かれらもプラアクの例を見て、こちらが躊躇《ちゅうちょ》なく武器を使うということは承知しているだろう。こうして安全を確保しているあいだに、セラン防護服を点検することにした。よけいな遅滞もなく制御センターの調査が進捗《しんちょく》したあとは、すぐにセランを使える状態にしておかなければならない。かれと提督が関心をしめす機器類は、傾斜のあるなめらかな壁に設置されているのだ。人間の腕や足にとって支えになるものは見あたらない。

点検の結果、賤民たちがセランに細工をしたことがすぐにわかった。かれらにとり、テラ技術は異質なものだろうが、左肩甲骨の個所にあるちいさな塊りがなにを意味するかは即座に見ぬいたらしい。すべての自動機能を制御するマイクロプロセッサーだ。そのフィールド導体がいくつかむきだしになり、物理的なやり方で機能停止されている。深刻な損害ではなく、数分もあれば修理できるものだが、それでもデュルクは背筋がぞっとした。あとほんのわずかで、換気・温度調整装置の機能も切断されていたところだった。

修理作業にいそしみながら、六ヵ所あるドアのほうにときおり目をやる。その外で賤民たちが手ぐすね引いているのだ。自分が確認できるかぎり、ドアは施錠されているはずだが、いつ包囲軍がこっそり鍵を開けて入ってくるかわかったものではない。そうなれば、一発二発ビームを見舞って異人ふたりを無力化しようとするだろう。いまのところ、そのようすはないが、平穏な時間は長くつづかないとデュルクは見ている。どうにもおちつかなかった。制御センターの技術機器がどんなものか、早く判明するにこしたことはない。

十二分かかってセランの修理を終えた。だが、動作テストの時間はない。捕虜から目をはなすことはできないから。キャラモンが調査を終えるまで待つしかないだろう。

セラン二着をわきに押しやる。気がつくと、キャラモンはホールのはしまで進み、壁に設置された装置や機器類をじっと見ていた。ベルトに引っかけた右のおや指の数センチメートル先にはコンビ銃のグリップがある。さりげないふうをよそおっているが、提督がつねに周囲をうかがい、いつでも奇襲に対抗できるようにしているのは明らかだ。

捕虜たちのあいだに動きがあった。デュルクは本能的にコンビ銃をつかむ。ギリナアルがちいさな歯擦音をたてて、いった。

「わたしがなにかたくらんでいると思うのか？　手も足も出ない状態におかれているのに」

デュルクは武器を握りつつも、それを相手に向けることはせず、

「なにがしたいんだ？」と、ぶっきらぼうに訊いた。

「話し合いたい」と、クモ生物。「トルカントゥルは一時間以内に出産する。その準備があなたたちにできているか、知りたいのだ」

＊

ギリナアルはデュルクから三メートルはなれた場所にいる。挑発するつもりではなさそうだ。

「なにを準備することがある？」デュルクは当惑した。「女王が卵を産めば、それで一件落着だろう」

「ことのしだいをわかっていないようだな」と、ギリナアル。「女王は四回の〝オルドバン・シグナル〟ごとに産卵する。これはわが種族にとり、もっとも重要かつ盛大な儀式だ。受精卵を滞りなく世に出すことに、進歩主義者たちの存続がかかっているから。出産は定められた儀式にのっとって進行し、定めのとおりにいかなければ、女王は死にいたる。これはとりもなおさず、わが種族の滅亡を意味する。まだ次の女王が決まって

いないからだ」

レオ・デュルクは手で額をぬぐった。からだが熱くなり、汗が出る。そんなにうまくいくはずないと、はじめから思っていた。CCの巧妙な作戦によって問題は次から次へと解決していくように見えたが、自分の経験では、ものごとが最初に思ったとおりかんたんに進むことなどない。健康な女王を誘拐して自由を勝ちとったなら、大胆不敵な作戦だったといえよう。しかし、トルカントゥルは体調万全じゃない。その彼女が定めどおりに産卵することに、ネット賤民たちの存続がかかっている……偶然とはいえ、なんという運命のいたずらか！

「いっておくが、われわれはけっして血も涙もないわけじゃない」と、かれはギリナアルにいった。「ただ、きみたちの……〝進歩主義者〟といったか？　その帝国にいては安全だと思えないのだ。できるかぎり早くぶじに仲間のもとに帰還したい。それに向けてきみたちがまちがいなく協力してくれるなら、出産の儀式も問題なくおこなえる」

「なぜわたしを信用しない？」ギリナアルが詰問してくる。

「どういうことだ？」

「われわれは危険ではないと、いままで二度もいったはず。わたしはあなたとその友が要塞の設備を品定めするようすを観察するうち、顔の動きを読めるようになったのだ。故障して使えなくなった技術機器を見て、ひそかに笑っていたことも知っている。われわれがあなたたちを捕まえたのは、いったいなにが目的だと思う？」

「もしや……技術面でのサポートをもとめてのことか？」デュルクは唖然とした。

「ほかに理由などない。ランドリクスが攻撃に出るすこし前、牽引フィールドが捕捉したときから、あなたたちを観察してきた。防御のようすも目撃したし、そちらの技術がわれわれのものと同等であることもわかった。ただ、あなたたちが技術そのものをマスターしているのに対し、われわれはただそれを使うのみ。メンテナンスの方法を知らないため、荒廃させてしまったのだ」

「つまりきみたちは、こちらのやることをずっと傍観していたわけか？」

ギリナアルは腕に当たる二肢を使って、ホールの技術機器全体をさししめすしぐさをする。

「これらのうち、いくつかはまだ機能する。アラームもそのひとつだ。ガルウォの洞穴に異飛行物体が近づくと、鳴る。だから、あなたたちがくることも、次になにが起きるのかもわかっていた。アルネマル・レンクスは獲物を逃がさない。だが驚いたことに、あなたたちはランドリクスに応戦し、鋼鉄ネットを伝ってその内部に侵入した。われわれは見て見ぬふりをしていたが、突撃コマンドを送りこんでおいたのだ。そのころ、頽廃の民たちはとっくに逃げだしていた。逃げ遅れた者が一名だけいたが、抵抗したため、死なせるはめになってしまった。このあいだに、われわれは作戦をかためた。あなたたちを支配下におき、トルカントゥルの要塞を再建する手伝いをさせようと思ったのだ。そちらに再建のための手段があるのはわかっている。突撃コマンドをかくれ場にひそませておいた。あなたたちを捕まえるのに、かなりもめることは覚悟のうえで。〝さまよえるネット〟に精鋭の戦士二十名を乗りこませ、ランドリクスに向けて送りだした。あとはあなたも知ってのとおりだ。ふたりとも麻痺させ、拘束し……ただし、傷つけようとはまったく思っていなかった」

レオ・デュルクはとほうにくれた。しばらく考えこんだすえ、

「それは……意外だった」と、応じる。「事情を知らせてくれればよかったものを」

「種族のメンタリティはさまざまだからな。どんな場合も、初動がいちばんの悩みの種だ」

いま聞いた話はデュルクにとり、なにもかも理解しがたいことばかりだった。ギリナアルが話したい気分になっているあいだに、それらを解明しよう。

「きみたちはガルウォ種族の一派なのか？」と、まず質問する。

「そのとおり。ガルウォ種族には多くの派閥がある。そのうちふたつが進歩主義者と頽廃の民で……」

「なぜ頽廃の民と呼ぶ？」

「祖先が築いた礼節やならわしを捨てて、衰退につながるような新しいモラルをつくり

だしたからだ。かれらは自己満足的で、傲慢で、なにより母権制の優位性を否定している」

「きみたちは否定しないのか？」

「女王を見ればわかるだろう」ギリナアルはかたくなな口調で、「進歩主義者を統治しているのはトルカントゥルだ。種族の男たちは下働きか廷臣として、女王を支える。われらの社会に通底するのは女優位の原則だ」

「きみも女なのだな。そうだろう？」デュルクは訊き、トルカントゥルの玉座の間でいだいた疑問をまたほじくり返した。

「もちろん」ギリナアルは誇らしげに答える。「体形を見ればわかるではないか？」

「異種族の男女を見分けるのは、われわれにはむずかしいよ」兵器主任はそういうと、考えこんだ。「それにしても、きみたち進歩主義者の技術はすたれてしまったのに、頽廃の民と呼ばれる者たちのほうはそうした能力をいまも完全に持ちつづけているように見える。なぜだね？」

「運命のなせるわざか」ギリナアルは意気消沈して、「従来の風習に固執《こしつ》しているのはガルウォ種族のなかでも労働者階級で、われわれが頽廃の民と呼ぶ者たちは上流階級なのだ。科学的・技術的知見を持つのはかれらだけ。なんの知識も持たないわれわれは、かれらと袂《たもと》を分かつことになった。重要なのは外観ではなく、礼節を重んじることだと考えたから」

レオ・デュルクは得心してうなずいた。

「それでもいまや、やはり外観も重要だと思うにいたったのだな」

「そうだ。機会あるごとに、われらが信念の正当性を頽廃の民に説いて聞かせ、こちら側に引っ張りこもうとしている。われわれにはかれらの知識が必要なのだ。だが、どれほど平和的手段で接触をこころみても、アルネマル・レンクスとその部下たちはこちらを敵視し、追いまわしてくる。トルカントゥルの要塞がどこにあるか知ったら、すぐにも攻撃してくるだろう」

ギリナアルの言葉をかならずしも真に受けることはできないと、デュルクは思った。ネット賤民たちは思想的にかたよっている。鋼鉄のクモにとりのこされたガルウォが〝抵抗した〟というだけの理由で殺されたことを考えると、当然ながら疑いたくなる。本当に平和的手段を使って、理解もできずしだいに壊れていく技術への依存度を減らそうとしているのか？

とはいえ、大筋ではギリナアルの話にいい意味で心を揺さぶられていた。ネット賤民はおのれの信念に忠実であろうとして、種族のなかでも高い教育を受けた者たちのもとを去ったのだ。かれらの〝進歩主義者〟という自称は皮肉だが、どうやら自分たちはそれに気づいていないらしい。唯一おのれが正しいと信じる原理原則への忠誠を誓うため、甘んじて迫害と不自由を受け入れている。そこには将来への展望も叡智《えいち》も、テラナーが良識と呼ぶものも存在しないが、共感できる話ではある。

「きみたちはいつ、ほかのガルウォ種族と決別したのか?」デュルクはたずねた。

「四オルドバン・シグナル前……前回のトルカントゥルの出産直後だ」

「それはどれくらい前のことだね?」そう訊いてから、考えなしの質問だったとすぐに気づく。〝オルドバン・シグナル〟とは、ガルウォ種族の基本的な時間単位をあらわす用語だろう。かれらがそれをどうやって説明できるというのか? たとえていえば、恒星を知らない異人に一年の長さを説明するようなものだ。

「オルドバンのことは知っているか?」ギリナアルが逆に質問してきた。

「概略だけ。いろいろ教えてもらえるとありがたい」と、抜け目なく答える。

「オルドバンは、ガルウォをはじめとするローランドレ居住種族の支配者だ」相手は進んで説明をはじめた。「かれが送ってくるシグナルによって、われわれは時間を知ることができる。シグナルには大と小があり、大オルドバン・シグナルは小よりも長い時間の経過をしめすのだが……」

「だが、最近はシグナルが送られてこないのだな?」

「知っていたのか」ギリナアルは沈んでいる。「近ごろオルドバンから音沙汰がない。トルカントゥルの陣痛がはじまったことで、前回の出産から数えて四度の大シグナルが経過したのだとやっとわかったしだいだ。なぜオルドバンは沈黙しているのか。われわれ、わけがわからず困惑している」

デュルクは両手でなだめるようなしぐさをして、

「いまは不確定要素が多いのだ。オルドバンの沈黙に頭を悩ませているのはきみたちだけではない」

そのとき、目の前に影が生じた。見あげると、長身でアスリート体形のクリフトン・キャラモンが知らないうちに近づいてきていた。提督は、

「とっかかりが見つかったと思う。セランはどうなった?」

「修理が終わりました」と、デュルクは答えて立ちあがった。「使う前にテストしたほうがいいですよ」

「わかった。すぐにやろう」

「その前にちょっと話したいことが」

「手早くたのむ。なんだ?」

「トルカントゥルの産卵についてです」デュルクは深刻な顔で答えた。

＊

かれがギリナアルから聞いた話を大まかにくりかえすと、キャラモンはストイックな

までに冷静なようすをみせた。

「わたしがトルカントゥルをどう待遇するかは、ここでなにが見つかるかによって決まる」というのが、提督の答えだった。「よくよく考えたことがひとつあって、それを実行しようと思っている。ほかのことはすべてそれからだ。ネット賤民はわれわれを待ち伏せて拘束したんだぞ。二時間ほど前にはまたもや、こちらをぺてんにかけようとした。これまで明らかに敵意を見せてきた相手に無条件でしたがう気には、まったくなれないね」

デュルクは口のなかに苦い味を感じた。この件が有和的《ゆうわ》な解決策につながるかと期待していたのだ。とはいえ、キャラモンの妥協なき態度は正当なものではないか？　ほかにどういう反応がありうるのだ？　ギリナアルの提案をのめば、女王を解放することになる。そうなると、賤民は大手を振って自分たちに襲いかかり、ずたずたにするかもしれない。ギリナアル自身がいっていたではないか……〝いまからわたしは冒瀆者の死を願う〟と。

「安全に外に出られる道が見つかったら、すぐにもトルカントゥルのための準備時間ができる」デュルクはギリナアルに、せめて良心のかけらをしめそうと話しかけた。「きみたちが女王の身を案じ、種族の存続を願うなら、われわれに協力してくれ」

相手は腕に当たる二肢を使って曖昧《あいまい》なジェスチャーをした。意味はわからない。ギリナアルが捕虜仲間のもとへもどると、クモ生物たちのあいだで熱心な討論がはじまった。兵器主任はそのようすを緊張して見守る。あたりには、かれらのからだから漂うさまざまなにおいがたちこめた。デュルクは討論に耳をかたむけるどころではない。刺すように強烈な臭気で気分が悪くなる。これがクモ生物の憎悪と復讐欲をあらわすものだということは、たいした想像力がなくてもわかった。

クリフトン・キャラモンも似たようなことを思ったらしく、

「一瞬たりとも目をはなすな」と、インターコスモでいってきた。「ここの機器類を調べるときは、かれらも連れていこう」

セラン防護服の動作テストは成功裡に終了した。すべて問題なく使用できる。デュルクはほんのすこしだが自信が湧いてきた。せっぱつまった状況になれば、とりあえず個体バリアを張ることはできるわけだ。

キャラモンが制御センター内で第一目標に定めたのは、テラのコンピュータ端末を思わせる機器がまとまっている一角だった。わけのわからないキイボードがついたコンソールに埋めこみ型のスクリーンがならんでいて、その一部は遠距離通信機のように見える。どう考えても、ハイパー通信の送受信装置だろうと思われた。

キャラモンが装置を調べるあいだ、デュルクは後衛につく。捕虜たちを前に集め、ホールの壁をのぼるよう指示した。かれらは不承不承したがう。なかでもトルカントゥルは、ものすごく苦心しながらのぼっていくようすをみせた。デュルクが思うに、演技かもしれないが。

賤民たちは壁を伝って上へと進んでいった。大型マシンのグループと機器類グループを隔てる通路がホール内にいくつかある。そのひとつに捕虜たちが到達したところで、デュルクはとまれと命令。ここなら捕虜全員が確実に射程に入る。グラヴォ・パックのスイッチを入れてキャラモンのあとを追いながらも、捕虜たちを油断なく見張った。かれらのいる場所は、壁の傾斜が床に対してほぼ五十度になっていた。なめらかな金属壁だが、クモ生物ならなんなく足の吸盤を使ってくっつくことができる。ただトルカントゥルだけは、なかば立ってなかばぶらさがるという姿勢を長い時間たもつのが大儀らしく、からだを揺らしていた。ギリナアルが心配そうに見ている。

「ああ神さま、探すべき場所がすぐ見つかりますように……」デュルクは思わず祈りの言葉を口にしていた。

＊

「見ろ！」

クリフトン・キャラモンの興奮した声が聞こえた。一スクリーンを作動させるのに成功したのだ。当てずっぽうにキイを押した結果、図式化されたデータが画面にうつっている。見ると、光る直線がもつれて入り組んだ図である。直線は何重にも交わり、その交点すべてに球形のマークがついている。図のいちばんはしには、球に似たかたちのでこぼこした輪郭があった。

「いったいなんです？」レオ・デュルクは訊いた。

「曖昧な推測ならできるが、推測は役にたたない。あそこにいる捕虜をひとり連れてきて、これがなんなのか説明させよう」

デュルクは捕虜たちに呼びかけた。

「われわれがいかに早くここを去れるかは、きみたちしだいだ。手伝ってくれれば、きみたちの希望もかなえられる」

これに真っ先に反応するのはギリナアルだと思ったのだが、彼女は苦しむ女王にかかりきりだ。賤民たちはしばらく話し合ったのち、女王の廷臣のしるしである色とりどりの布をまとった者のなかから一名をよこしてきた。だが、その者が身につけた布はたった一枚だけで、のこりはぜんぶなくしている。プラアクだ。あわてて制御センターに向かったさい、布きれをほとんど落としてしまったのである。おかげでデュルクはかれのシュプールを容易に見つけられたのだが。

キャラモンがスクリーンの前に浮遊してきて、不快げにプラアクを見やり、

「よりによって、こちらに一杯食わせた者をよこすとは、ますます信用できないやつら

だな」と、いった。

「べつに信用してもらおうと思ってきたわけじゃない」と、プラアク。テラナーふたりのななめ上で壁にへばりついている。「わたしの理解が正しければ、なにか説明をもとめているとのことだが」

キャラモンはスクリーンをさししめし、

「これはなんだ？」

「ガルウォ・ネットだ」と、プラアク。

「ランドリクスの移動に使っていたような金属竿でつくられたものか？」

「まさしく。このネットはガルウォ種族が数世代も前に建造したもので、兵舎や住居として役だつだけでなく、ローランドレの表面にある巨大洞穴を封鎖するためにも使われる。オルドバンの明確な許可がない者を出入りさせないためだ」

「この、図のはしにあって振動しているラインが洞穴の輪郭か？」

「わかっているなら、なぜ訊く？」

レオ・デュルクは驚愕して図を見た。ランドリクスが移動していた金属竿のことはよくおぼえている。あの鋼鉄のクモを目の前で計測したうえで竿の大きさを考慮したなら、この図のおよその規模がわかるというもの。いま見ているのは一辺が数万キロメートルにもおよぶ巨大ネットだ。ローランドレの表面にある巨大洞穴というのは、以前ギリナアルがいっていた〝ガルウォの洞穴〟のことで、地球がゆうに入る大きさにちがいない。

「この図のなかで、トルカントゥルの要塞はどこか？」キャラモンの質問がつづく。

「コンソール上方にあるグリーンのキイを押せばわかる」プラアクの答えだ。

提督は一瞬ためらった。そのキイを押して、こちらのまったく望まないメカニズムが働くことはないと、どうしてわかる？　だがそれでも、キイを押す。図の左、三分の一のところに赤い光点があらわれた。そこから細いグリーンの線がネットに向かってジグザグに伸びている。線がネットと交わる場所では次々と、あらたに稲妻のような光が生じた。

「トルカントゥルの要塞はネットのあいだの抜け道を浮遊して移動する」プラアクが訊かれもしないのに説明した。「要塞はずっと過去世代のガルウォが建造したもので、かつては種族の防衛ステーションだった。洞穴内部で長くほうっておかれたが、進歩主義者たちが頽廃の民と決別したのちに使うようになった」

「グリーンの線はなにをあらわしている？」

「進歩主義者が必要とする栄養補給と付加技術知識を、それにたよっているのだ。栄養と知識、どちらも頽廃の民のネットでしか手に入らない。トルカントゥルの要塞には、さまよえるネットが装備してある。あなたたちも知っているだろう。ここにくるさい、そうしたネットのひとつを使ったから。われわれ、頽廃の民から身を守る必要がある。

もしかれらがこのかくれ場を見つけたら、技術面での優位にものをいわせて抑圧してくるだろう。ゆえに、われわれがさまよえるネットを送りだすのは、目標がはっきり定まっている場合だけだ。この光点は、ガルウォ・ネットのどの竿が到達可能かをしめしている」

「頽廃の民に探知されることはないのか？」デュルクは不思議に思って割りこんだ。

「質問を正しく理解できたかどうかわからないが、探知というのは大きな距離をこえて、ある対象を認識することか」と、プラアク。「だとしたら、あなたはガルウォ・ネットの巨大さを理解していない。これほどはなれた場所にある要塞を計測できる機器など、ガルウォの技術には存在しない」

この言葉をどう受けとったものかと、デュルクは思案した。銀河系で使われる装置なら、五キロメートルや十キロメートル、あるいは十万キロメートルでも問題なく探知できる。これまで見たところでは……たとえ賤民たちがメンテナンスを怠っているとしても……ガルウォの技術が銀河系のそれよりも劣るとは確言できない。しかし、そのとき思いだした。ここの環境を《リザマー》搭載コンピュータのフリッツが調べるさい、すぐ近くのようすさえ詳細に分析できなかったことを。どうやらローランドレの周囲にはエネルギー性の作用があるらしい。そのせいで従来の探知メカニズムは容赦なく制限を受けるのだろう。

「ネットの竿が交わるところにある、球のマークはなんだ?」と、提督。

「頽廃の民の住居や防衛施設、管理部門などだ。図の中央近くにあるいちばん大きな球は、アルネマル・レンクスが家族や部下とともに滞在する場所をあらわす」

プラアクがこれほど進んでなんでも答えるとは驚きだと、デュルクは思った。本当にトルカントゥルの身とその出産を案じているのか、それとも……

「おい、見ろ!」と、クリフトン・キャラモンが叫んだ。

デュルクが振り向いたとたん、開いたヘルメットを通して鋭い刺激臭が鼻孔に押しよせた。ひと呼吸の半分というわずかなあいだ、混乱する。CCはなにか重大な発見をしたらしく、興奮しているが、これは危険を意味するにおいだ。かれにとっていちばん重大なのはそこだった。

その疑念は現実となった。突然、プラアクが金属壁をはなれてこちらに襲いかかってきたのを、目のはしでとらえたのだ。急いでよける。そのせいでプラアクはこの日、二度めとなる床への激突で痛い思いをするはめになった。

それでもこれが時間稼ぎとなり、気がつくと、制御センターのドアが二カ所、消滅していた。もうもうたる金属蒸気のなか、開口部から数十名のネット賤民がなだれこんでくる。レオ・デュルクはコンビ銃をつかんで発射するが、ほとんど効果はない。そのとき、上方からグレイの姿がななめに落ちてくるのに気づいた。ギリナアルか。確信がないまま、本能的に銃身を上に向けて麻痺ビームをはなつ。甲高い音をたててビームが命中し、グレイのからだがはげしく痙攣した。鋭い悲鳴がホールじゅうに響きわたり、しばし下で巻き起こる騒ぎをも圧する。

ギリナアルがどうやってあの角度から攻撃に出られたのか、デュルクにはけっしてわからないだろう。まるで飛翔するような動きだった。彼女はこちらに危害をくわえようとしたわけではない。武器がないのでは、せいぜい一時的にバランスを失わせるくらいのことしかできまい。実際、それが狙いだったようだ。捕虜たちは、わずかのあいだ混乱をもたらすことですこしでも時間を稼ぎ、トルカントゥルを安全に逃がしたかったのである。

見ると、女王の不格好なからだが、下半身から伸びだした銀色の光る糸を伝って床におりている。過去にクモだった種族の先祖返り現象というわけだ。ガルウォには糸をつむいで輸送手段にする能力がまだあるということ。あるいは、トルカントゥルだけが持つ特技なのかもしれない。デュルクは女王が〝ザイルで下降する〟ようすをなすすべなく見送る。ギリナアルの麻痺したからだが金属床に無残に墜落するところも、ただ見ているばかりだ。もう銃を発射することはしない。いつのまにかドアがさらに三カ所開き、賤民たちがホールに押しよせていた。トルカントゥルを受けとめて運んでいくいっぽう、動かないギリナアルのことはまるで存在しないかのように踏みつけている。かれらにとって、だいじなのは女王だけなのだ。ギリナアルはただの働き手で雑兵にすぎず、この混乱のなかで彼女の運命を案じる者などいない。

デュルクは無意識にセラン防護服のヘルメットを閉じ、個体バリアのスイッチを手探りした。いまのところ砲撃はないが。賤民たちはまず女王の安全確保が第一と考えているようだから。それがすんだら、トルカントゥルの尊厳をおかした冒瀆者たちの処遇を決めるのだろう……ギリナアルがそういっていた。

そのとき、ヘルメット・テレカムから鋭い声が耳に響いてきた。

「かくれろ！　何度いわせるんだ！」

デュルクは本能的に身をかがめる。ごたごたとコンソールや装置がならぶなかから手が一本、伸びてきた。それを思わずつかむ。マシンのうしろにかくれる前、かれの目に入ったのは、のこる捕虜たちの姿だった。地位をあらわす色とりどりの布を身につけた賤民四名が、床に向けて壁の斜面を伝いおりていった。

＊

非常に不自然な体勢だ。壁が上方で湾曲している。グラヴォ・パックの自動制御がセラン着用者の姿勢をできるだけ〝ノーマルに〟たもとうと奮闘してはいるが、もうそれにたよっていられない。レオ・デュルクは手動制御に切り替え、自分でベクトリングを調整した。湾曲した壁の方向に向いていながらも、しっかりした支えの上に立っている感覚を得られるようにしたかったのだ。

下では最初のビームがひらめいていた。ネット賤民たちはマシンの保全に関してほとんどなにも知らないらしく、技術の産物全般に対する敬意の念もまったく見られない。デュルクとキャラモンの至近距離でふたつの装置が爆発し、赤熱した破片が雨のごとく降りそそいだ。どこに攻撃相手がかくれたかわからないので、まったくでたらめに撃っているようだ。

「援軍がこなかったらおしまいだな」と、クリフトン・キャラモンが歯嚙みする。

「援軍？」デュルクは当惑して問い返した。「どこからの？」

「頽廃の民、正統派ガルウォだ。ネット賤民のことを執拗に追っているという。わたしの思惑どおりなら、近くにいるはずだが」

それを聞いてデュルクは思いだした。プラアクが向こう見ずな決死の作戦に出るすこし前、ＣＣがなにかいおうとしたことを。

「あのとき、なにがいいたかったので？」急いでたずねる。

「もうひとつ、作動したスクリーンがあったのだ。走査スクリーンの類いにちがいない。中央にリフレックスが見えた。プラアクの説明だと、ガルウォの帝国にある探知機や走査機は通常の到達可能範囲を持たないとのことだった。と、なると……」

それが唯一の逃げ道だ、と、デュルクは思った。CCからガルウォ・ネットのもつれた図を見せられるすこし前、ハイパー通信のコンソールを見たことを思いだし、なめらかな壁面をゆっくり移動していく。下ではビームの勢いがはげしくなっていた。自分たちのかくれ場を賤民が知らないとしても、やみくもに撃ちまくっていれば、いずれは命中するだろう。こちらはまだ個体バリアを展開していない。とはいえ、エネルギー・バリアがあったら、いまからやることのじゃまになりそうだ。デュルクは掩体《えんたい》を確保しつつ、通信コンソールのほうへ向かった。

「なにをするつもりだ？」キャラモンが訊いた。

兵器主任は答えなかった。この状況では長々と説明していられない。コンソールを操作するには、直立姿勢になる必要がある。操作テーブルの角にしっかりつかまり、用心深くからだを持ちあげていった。

「援護射撃があると助かります」と、あえぎあえぎいう。

提督はよけいな質問をいっさいせず、ホールの床を一部見わたすことができる隙間へと移動した。パラライザーの発射音が聞こえたのち、デュルクはようやく完全に身を起こした。操作テーブルが目の前にある。直立姿勢といっても、頭は床へ真下に向いた状態だが、問題ない。グラヴォ・パックのおかげで壁が水平の支えになっているように思えるから。とはいえ、異技術の装置をどうあつかったものだろうか。無作為にキイを押してみた。あちこちでコントロール・ランプが光ったのを見て、声を張りあげる。ヘルメットの外側スピーカーが確実にそれを伝えた。

「異人二名がネット賤民に捕まっている！　アルネマル・レンクスよ、救助をたのむ！」

目の前でビームが光り、黄白色の炎が雲のごとく噴きあがる。デュルクはバランスを失い、マシンブロックふたつのあいだにいた提督に全体重をあずけることになった。

「くたばっちまえ！」CCがののしる。「こんな上等の防護処置はないぞ、すくなくとも相手方には」

そういうと、パラライザーを発射。喧噪《けんそう》のなか、通信コンソールの近くで苦痛の悲鳴が聞こえた。デュルクは命令される前に自分の足で立ちあがる。コンソールから青い煙がもくもくあがった。もう通信装置は使えない。爆発で作動不能になったのだ。

「バリア展開！」キャラモンが叫んだ。

デュルクは左上腕のスイッチを押す。淡くきらめくエネルギーの膜が波のようにひろがり、かれをつつみこんだ。ほっとしたが、危機一髪だった。炎がこちらめがけて飛んでくる。上のほうで大きな爆発が起こり、すさまじい音がとどろいた。轟音《ごうおん》を圧してキャラモンの声が、はるか彼方からのように聞こえてくる。

「ずらかるぞ！」

大ホールの数十カ所で火の手があがっていた。ネット賤民は接近戦には長《た》けていないとみえる。たとえ侵入者ふたりを殲滅《せんめつ》したり捕らえたりすることができたとしても、それと引き換えに、のこった技術機器もすべて破壊しつくしてしまうだろう。おまけに見てのとおり、かれらはまだ勝利を手にしていない。火災はほとんど電気的な原因によるもので、黒く粘っこい煙がホールに充満し、過剰防衛に出た者たちの視界をさえぎっている。

デュルクは安全装置をかけた銃をしまった。もう不穏な要素は充分だ。個体バリアで問題なく防御できる。もうもうたる煙のなか、キャラモンが出入口のひとつに浮遊していくのが見えた。デュルクもそれに追いついたものの、いまホールを去るのはまずいのではないかと思った。ネット賤民が待ちかまえているかもしれない。個体バリアがあるとはいえ、至近距離で数名から集中攻撃されたら、どれくらい持ちこたえられるだろう？　相手が完全に大局を見失うまで待つほうが理性的ではないか。

ところが、結局はその見通しとまったく異なる結果となる。トルカントゥルの巨大要塞を襲った動きに、デュルクは気づいていなかったのだ。見ると、煙をあげるマシンの残骸が支柱からはずれて床に落下し、赤熱する破片が雨のごとく飛び散った。悲鳴をあげて逃げまどう賤民たちがその下敷きになる。クリフトン・キャラモンは勝ち誇ったように大声をあげた。

「援軍だ！」

稲妻のような光が視界をかすめたと思うと、いきなり煙が晴れた。見あげたところ、ホールの天井に大きな穴があき、なかの空気を煙突のごとく吸いだしている。外側マイクロフォンから、とんでもないボリュームに増幅されただみ声のアルマダ共通語が響いてきた。

「ガルウォの指揮官、アルネマル・レンクスの命令だ。ただちにすべての戦いをやめよ！」

5

天井の穴は十メートルを超える大きさだった。そこからトルコブルーに輝く防護服を着用したガルウォの戦士が数百名、おりてくる。このあいだに下の大ホールは鎮火していた。ほとんどの賤民は逃げだしており、のこっているのは燃える破片の下敷きになって負傷した者ばかりだ。レオ・デュルクはひどく不安になり、計測装置の発光表示に目をやった。制御センターの気圧は三十パーセントほど減少している。すこしほっとした。はじめは、天井の穴がそのまま宇宙空間の真空までつづいているのではないかと心配だったのだ。

ギリナアルの姿を探すが、どこにもいない。墜落が致命傷になったかどうかも定かではない。燃え落ちる残骸に埋まってしまったか、あるいはまだ力がのこっていて、逃げだした同胞にくわわることができただろうか。デュルクはひそかに彼女の幸運を祈った。こちらの死を願っていたとはいえ、ギリナアルはすくなくとも正直な相手だった。

「救助を要請してきた異人二名！」煙のなかから声があがった。「どこにいる？」

「われわれのことだな」クリフトン・キャラモンがいった。デュルクから二メートルもはなれていない場所で、床からわずかのところに浮遊している。

「では、行きましょう」兵器主任はそういうと、グラヴォ・パックをベクトリングし、床にそっと着地。

ふたりはたちまちトルコブルーの防護服にとりかこまれた。デュルクはヘルメットを開ける。薄くなった空気のせいで耳が痛くなり、数秒のあいだ全身に麻痺したような疲労感がひろがったが、やがておさまった。

「きみたちのうち、だれがアルネマル・レンクスだ？」と、声を張りあげる。

ガルウォたちは兵器主任にならって防護服を開いていた。目が六つついた円錐形の頭蓋があらわれる。突撃部隊の全メンバーがほぼ同じ体長、一・五メートルほどであることにデュルクは気がついた。ただし、付属肢はふくめていないため、これがガルウォ種族におけるわずかな差異となっている。つまりアルネマル・レンクスの戦士は全員、男ということ。ギリナアルの言葉は嘘ではなかった。女優位の原則は頽廃の民には通用しないらしい。

戦士のなかから一名が前に出てきた。トルコブルーの防護服には深紅の細い縁取りがついていて、六本指の右手に実弾をこめた武器を握っている。デュルクの気分はおちつかない。

「アルネマル・レンクスが貴重な命をかけて、こんなところにくると思うか？」と、相手が挑戦的にいいはなつ。「指揮官の使者としてわれわれがやってきた。きみたちはこちらの捕虜だ」

「ほう！」キャラモンが大声を出した。「われわれをネット賤民から救出しにきたんじゃないのか。そのために救助要請を送ったんだが」

これは下手なやり方なのでは、と、デュルクは思った。それじゃガルウォの好意を得ることはできないだろう。深紅の縁取りをつけた戦士はすぐにこう応じた。

「通信での呼びかけに関しては感謝している。おかげで賤民のかくれ場を発見できた。だが、それ以外にこちらが負うべきものはない。考えてもみろ、きみたちはランドリクスを破壊したのだぞ！」

「そっちが先に攻撃してきたんじゃないか」駆け引きをだいじにするレオ・デュルクも、これには立腹してぶつぶついった。「賤民たちをどうするつもりだ？」

「それはアルネマル・レンクスが決定する。かれらは何十年ものあいだ、まじめに働く種族のおこぼれで生きてきた寄生者だ。相応の罰がくだることになるだろう」

「アルネマル・レンクスはいつ、それを決定する？」デュルクはしつこく迫った。

「その気になったときだ。きみになんの関係がある？」

「わたしにとって問題なのは、ネット賤民をあざむいたことではない。救助が必要だったから呼びかけたまでだ。ただ、われわれのことは好きにできても、賤民を罰したりはできないぞ」

「だれがそういっているのだ？」深紅の縁取りをつけた者が、当てこするように訊く。

「わたしだ！」

「きみだと？」

「われわれの使える技術手段は、そちらの知識などおよびもつかないほど卓越したものだ」デュルクはこのうえなく真剣な顔で主張した。「いまこの瞬間は無力に見えるだろう。なにしろ数百名の相手に対して、こちらはたったふたりだからな。だが、見くびってはいけない。わたしは賤民たちに苦しめられたさい、要塞内部に爆弾をしかけたのだ。その気になればいつでも起爆できる。爆発すれば、トルカントゥルの要塞はおろか、ガルウォ・ネットの大部分が壊滅するぞ」

深紅の縁取りをつけた者は見るからにおちつきを失った。

「ぺてんだ」そういうと、キャラモンのほうに向きなおり、「この男の話は事実か？どこまで知っている？」

提督はおなじみのやり方でにやりとし、

「わたしが？　まったく知らんね。わたしなら思いつきもしないだろう。きみらもこうしたことに慣れたほうがいいぞ。老兵はすべて独断専行する」

悪い冗談だとデュルクは思った。こちらはNGZ三四三年生まれの若造で、クリフトン・キャラモンは旧暦二十四世紀からきた男なのだから。それでも、提督が教訓的なフレーズを持ちだして援護してくれたことには感謝した。

*

ガルウォ種族は、ガルウォ・ネットを構成する金属竿をレールとして使う輸送手段の開発に特化して技術を発展させてきた。その副産物が、全長二百メートルの不格好な卵形の乗り物である。これにレオ・デュルクとクリフトン・キャラモンは乗りこんだ。その近くには、いつでも発射できる武器をかまえた見張りが三十名以上。頽廃の民もネット賤民と同じく、かれらなりにこちらを疑いつつも一目おいているようだ。そう思い、デュルクはおかしくなる。

トルカントゥルの要塞に残留したガルウォがどれくらいいるのか、考えてみた。もちろん、突撃部隊の規模がはじめどの程度だったかは皆目わからない。それでも、トルコブルーの防護服姿の戦士たちが要塞を出て卵形の乗り物に押しよせたとき、頽廃の民の全員が撤退したのはたしかだと思う。のこったところで意味はあるまい。突撃部隊のリーダーがおのれの職務の責任をすこしでも理解しているなら、数で劣る味方を敵がうようよいる場に置き去りにはしないだろう。こちらはガルウォたちに撤退のきっかけをあたえるため、爆弾の話をでっちあげたのだ。

むろん、撤退によってかれらの体面が傷つくことはない。制御センターの機器類が無差別射撃で壊滅状態になった以上、トルカントゥルの要塞が自在に動くことはないだろうから……そもそも、これまでそうできたとしての話だが。さまよえるネットをくりだすチャンスも、もうないはずだ。賤民たちは自宅軟禁されたようなもの。おまけに要塞の所在地を知られてしまったいま、いつまたアルネマル・レンクスの部隊があらわれて、予告どおりの処罰がくだるかもわからないのだ。ただ、デュルクはこれに関してはガルウォの指揮官と本気で話をするつもりでいる。現実主義者として考えるに、イデオロギーの争い、ランクの差、処罰といったものはまるで役にたたない。〝賤民〟と〝頽廃の民〟がたがいにうまくやっていけるなら、ガルウォ種族全体にとってそのほうがいいにきまっている。

しかし、問題はアルネマル・レンクスにこちらの言葉を受け入れる用意があるかどうかだ。デュルクとキャラモンの作戦は、思っていたのとちがう展開を見せた。こちらの協力でネット賤民の要塞を発見できたのだから、ガルウォは自分たちのことを友とみなすか、すくなくとも歓迎すべき客としてあつかうものと想定していたのだ。ところが、アルネマル・レンクスはまったく予期せぬ行動に出た。鋼鉄のクモ、ランドリクスの損失がよほど腹にすえかねたらしい。ここにとっかかりがあると、デュルクは考えていた。

賤民たちと同じく〝ふつうの〟ガルウォも、不可解な偶然から自分たちの生活領域に入りこんできた異人の技術に対して敬意をいだいている。この卓越した技術を使ってランドリクスを修理すると申しでたら、アルネマル・レンクスの態度も社交的になるかもしれない。

卵形の巨大な乗り物が動きはじめた。デュルクとキャラモンにはちいさなキャビンがあてがわれる。独房と呼んだほうがいいくらいだ。窓もない。巨大卵がスタートしたことは、床の振動と、下のほうから響いてくる鈍いエンジン音でわかった。キャビンのハッチ前には完全武装のガルウォたちが立っている。

予断を許さない状況だ。

＊

長い道行きだった。ガルウォの洞穴は最大個所で一万五千キロメートルの規模だと、デュルクは見積もっている。最悪の場合、アルネマル・レンクスが住居および管理部門に使っている球は、それほど遠くにあるということ。こうした距離をこなすのに、宇宙空間移動用の乗り物なら四十分以上かかるはずもないのだが。

デュルクはこの移動時間を使って状況を総括することにした。キャラモンと自分はローランドレを調査する目的で出発したもの。もし奇跡的に時間のロスなく《バジス》に帰還できたと仮定して、なにを報告するか？

ローランドレは、前庭を通過するあいだに入ってきた曖昧な一部の報告にもとづき、なぜか厚みのある円盤のような形状と想像されている。その規模は、完全な発達を遂げた一星系とほぼ同じ。その表面はたいらではなく、穴がいくつかある……とりあえず、わかったかぎりではひとつ。それがガルウォの洞穴だ。クモ型種族のガルウォははるか遠い昔、からだから出した糸で巣をつくり、そこに住んでいた。かれらの数名はいままで、下半身から糸をつむぎだす能力を持っている……すくなくともトルカントゥルはそうだ。しかしいつのまにか、ガルウォの巣は金属の竿に変わってしまった。

ガルウォの文明はオルドバンに依存するところが大きい。以前はオルドバンが送ってくるシグナルにしたがって、時間を計測していた。しばらく前からオルドバンが沈黙しているため、すくなくともネット賤民たちは、愕然とはいわないまでも困惑している。たぶんアルネマル・レンクス配下のガルウォたちも似たような状態だろう。

ガルウォが洞穴の出入口に張りめぐらしたネットは、クモ型種族の性質がしめすとおり、住居の役目をはたす。だが、もうひとつの目的として、権限なき者にローランドレを出入りさせないためのものでもある。これについてはいくつか考えるべきことがありそうだ。ローランドレが本当に数億キロメートルの直径を持つ円盤だとすると、無邪気な訪問者すなわち権限なき者の前には、一兆平方キロメートルの数万倍という面積がひろがっていることになる。そのどこにだって着陸できるわけだ。そうした任意の着陸場所から、どんなところであれローランドレの重要区域に侵入することが可能だと、仮定する必要が出てくる。だが、これは明らかに誤りだ。そうなると、ガルウォが直径一万五千キロメートルの洞穴の出入口をネットでふさいで招かざる客を封じこめるのは、まったく無意味ということになる。一万五千キロメートルはたしかに巨大ではあるが、ローランドレ全域の規模にくらべたらピンの刺し痕にも匹敵しない。

換言すると、ローランドレの内部に向かうには、ある決められたせまい道を使うしかないはずだ。この道を使わない者は、謎に満ちたアルマダ第一部隊の内部に侵入する意図を持たないということ。こうした道のひとつがガルウォの洞穴である。これでクモ生物の任務が明確になった。ただ、オルドバンが沈黙しているいま、かれらがどうやって権限ある者となき者を見分けるのかは疑問だが。

わかったのはここまで。ほかにはない。なにかはじめるには収穫がすくなすぎる。だが、正しいシュプールを追っているのはたしかだ。ことに賢く当たれば……とりわけ、アルネマル・レンクスとなんらかの取引を成立させられれば……より多くの重要な情報が得られるだろう。デュルクはそこに注意を集中させることにした。

スタートしてから五十分が過ぎたとき、原始的なエンジンがふたたびノッキングを起こし、機体ががたがた揺れはじめた。その後、何度か弱い振動があって、突然しずかになる。

数秒後、重いハッチがぎいと音をたてながらスライドして開いた。デュルクの視界にいくつもの揺らめく銃口が飛びこんでくる。追いたてるような鋭い声が、外の通廊から響いてきた。

「捕虜たち、外へ出ろ……ただちに！」

＊

はじめ、アルネマル・レンクスの拠点の外観はわからなかった。乗り物が直接、巨大エアロックにドッキングしたからだ。捕虜ふたりはすぐさま、制服姿の武装した面々が待ちうける内側エアロック室に追いたてられた。ガルウォ基地の温度、重力、気圧はいずれもトルカントゥルの要塞で慣れ親しんだものと同じだ。ふたりはヘルメットを開けて肩に押しもどし、フードのようにした。暖かく湿った空気は独特のにおいに満ちている。ガルウォたちはネット賤民と同様、体臭によって感情レベルの意思疎通をおこなっているのだ。

レオ・デュルクはトルカントゥルの制御センターで見た映像を思いだす。ガルウォ・ネットの網の多数が交差するところに、球がひとつあった。実際の形状が球体かどうかはわからない。だが、ここを注意深く見まわしてみると、ほとんどわからないくらいにエアロックの外壁がたわんでいた。つまり、アルネマル・レンクスの司令本部はネット賤民の要塞と同じくらい巨大ということ。

とはいえ、ここのほうが技術装置はずっとまともに機能している。捕虜の輸送用に大きなバスタブ形車輛が用意されていた。捕虜たちより先に、まず武装部隊の数名が陣取る。デュルクとクリフトン・キャラモンがまんなかのいちばん低い席にすわると、のこりの面々が乗りこんできてわきをかためた。四方八方からテラナー二名に銃口が向けられる。無理もない。アルネマル・レンクスの司令本部ではテクノロジーも軍事規律も、トルカントゥルの要塞よりはるかに問題なく機能するとうたわれているのだから。もと太陽系艦隊提督ならきっとこれに感銘を受けるはずだ……かれの性格からすると。あるいは、すくなくとも《バジス》の連中が思い描いているかれのキャラクターからすると。

そう思い、デュルクはCCをちらりと見た。バスタブ形車輛が勢いよく加速するなか、提督はむっつりと不機嫌な顔ですわっている。いまの状況にまったく納得していないのはすぐにわかった。

車輛は浮遊状態で、明るく照明されたひろい通廊を次々に通過していく。基地内は行き来がはげしく、多くの乗り物や歩行者とすれちがった。武装部隊の乗った車輛はどこでも優先通行できる。だれもが道をあけ、バスタブをよけた。アルネマル・レンクスの司令本部では通信網もちゃんと機能しているのだ。道行くクモ生物たちがこちらに好奇に満ちた視線を向けるのを見て、デュルクは思った。ガルウォたち、だれがこの車輛に乗っているか知ってるのだな。

十分ほどして、クリフトン・キャラモンがなにか急に思いついた顔をした。

「そうだ、これならうまくいくだろう」と、小声でいう。インターコスモだ。「かれらも信じるにちがいない」

それにデュルクが反応するより早く、キャラモンは隣りにすわったガルウォのほうを向くと、その武器を大胆にも押しのけ、高飛車な調子で声を張りあげた。こんどはアルマダ共通語で。

「きみらの指揮官のもとへ、われわれをすみやかに連れていくよう所望する。知らせたい話があるのだ。ガルウォ種族の将来を衷心《ちゅうしん》より考えてのこと」

クモ生物はすこしも心動かされたようすをみせず、

「いつか呼ばれることもあるだろう、アルネマル・レンクスがそれを望めば」と、応じる。

キャラモンは考えこむようにうなずいた。テラナーのジェスチャーはガルウォには理解できないだろうが、これほど重々しい態度で頭を動かせば、なにか根本的なことに関わる問題だというのは一目瞭然だろう。クモ生物の言葉に対し、提督は暗い声でこう答えた。

「オルドバンにそれほど時間の余裕があればいいが。きみらのためにもな」

＊

ふたりにあてがわれた宿舎は質素で、とても快適とはいえなかった。洗面室もふくめた調度は、人間が使うのにまにあうとはいえ、どれも異質なものだ。武装部隊は撤退していた。ドアが閉まったときの音から判断すると、複雑なしくみで施錠されたことはまちがいない。

クリフトン・キャラモンは明るく照らされた室内を見わたし、
「どうやら長く滞在させる気でいるようだな」と、皮肉をこめていった。「早いところあきらめさせるぞ」

部屋のすみへと歩いていく。そこには回転式のちいさなテーブルがあり、テラの旧式のインターカムを思わせるような装置がひとつついていた。提督はキイをいくつか押してみるが、スクリーンに変化がなかったので、テーブルを回転させて裏返し、さらに調べている。
「万一にそなえてスイッチを切っているらしい。そんなことをしてなんになるのだ」と、文句をいった。

このあいだにレオ・デュルクのほうは室内の休息用設備を点検し終えていた。だんだん疲れが手足にひろがってくる。

「さっき、ずいぶん景気のいい大口をたたいてましたが」と、むっつり応じた。「その奇抜な作戦について、そろそろ苦難をともにする同胞に打ち明けたらどうなんです？」

「だれが奇抜だといったのだ？」キャラモンはあっけにとられたようにいう。

「笑わせないでくださいよ。あなたの作戦はいつだって奇抜じゃないですか」

「そうか」提督がにやりとする。

「で、なんなんです？」

「まず、なにか食べ物を持ってきてくれ。そうしたら教える」提督は約束した。「どこで食糧が手に入るか、もう見つけたんだろう？」

「向こうにちいさな予備の部屋があって、よくある自動キッチンに似たものがそなわっています」デュルクは疲れた声で答えた。「調べてみましょう。わたしがあなたなら、高級食材があるとは期待しませんがね」

ふたりはさっそくとりかかる。しばらく自動装置をためしてようやく、深皿に入った白いさいころ形の食べ物が出てきた。見た目は豆腐みたいで、深紅のソースにどっぷり浸かっている。ソースは酸味と苦みが強烈でとても口にできる代物ではないが、豆腐のほうはまあまあだ。慎重にためしたところ、数分たっても消化不良の症状がまったく出なかったので、空腹にまかせてきれいに平らげた。レオ・デュルクはそのあいだずっと、キャラモンが約束どおり作戦について教えてくれると期待していたのだが、いっこうにそのようすはない。

なぜ提督がこれほど用心深いのか、デュルクにもしだいにわかってきた。ガルウォが宿舎に監視装置か盗聴機器をしかけたかもしれないと思っているのだ。かれらのトランスレーターがすでにインターコスモを習得したとは考えられないが、油断しないほうがいい。

キャラモンは空の深皿をすみに押しやると、出入口のほうに行き、こぶしでドアをがんがんたたいた。数分間はなんの反応もなかったが、やがてとうとう、どこか見えないところにあるスピーカーから甲高い声が響いてきた。いらだちが感じられる。

「乱暴なまねをするな！」

「アルネマル・レンクスに話がある！」キャラモンは大声で叫んだ。「種族滅亡の責任を負いたくなければ、われわれの話を聞け！」

「アルネマル・レンクスに会えるのは、かれがそれを望んだときだけだ」紋切り型の答えが返ってくる。

かちりと音がして、接続が切られた。提督はにやりとして、

「見ていろ。やつら、じきにいてもたってもいられなくなるから」と、請け合う。

それから、インターカム装置にとりくんだ。武器はすべてガルウォにとりあげられた

ものの、セラン防護服に装備された各種メカニズムは変わらず機能している。提督はそれらを使ってインターカムのカバーをはずし、内側のポジトロン部をいじっていたが、数分もすると、うなり声をあげはじめた。

デュルクに合図して、インターカム構造の一部分を指さす。兵器主任は理解した。これは専門用語で〝人工知能〟と呼ばれる端末なのだ。独自の中央ユニット、独自のメモリー・バンクを持つ。そのなかには、キャラモンがすぐにも確認したい情報が入っているはず。

だが、かんたんな話ではない。レオ・デュルクはできるかぎり楽な姿勢でスツールにうずくまっていたが、うつらうつら舟をこいでしまい、あやうく床に転げ落ちそうになった。提督は疲れを知らないように見える。われわれ、最後にまともに眠ってからどれくらいたつのだろう？　四十時間か？　それ以上かもしれない……と、またスツールから落ちそうになった。キャラモンは端末のメモリー・バンクとセランのプロセッサー間の接続を確立している。デュルクは目ざめているわずかのあいだ、提督の痩《や》せた顔のなかで、吊りあがったグリーンの目がらんらんと輝くのを見た。

「よし、これでいい」と、つぶやいている。

ＣＣがいれば安心だ。その手に守られているような気分になり、レオ・デュルクはとうとう眠りこんだ。

＊

ふたたび目ざめたときは床の上だった。開いたドアの前に武装したガルウォが三名、立っている。その一名がきびしい口調で命令した。

「捕虜たち、出てこい。アルネマル・レンクスが処分を決定する」

デュルクはやっとの思いでからだを起こす。夢もみず熟睡していたので、すぐには現実世界にもどることができない。クリフトン・キャラモンに腕をつかまれ、ようやく立ちあがると、バスタブ形の乗り物が待機していた。ここにくるさい乗ってきた車輛ではなく、かたちは似ているがやや小型だ。

乗り物は通廊を疾駆していく。どこを進んでいるのかわからなかったが、数分後には明るく照らされた一ホールの入口に到着した。トルカントゥルの玉座の間のように荘厳な雰囲気だが、それよりはちいさく、設備の状態もずっといい。錆や染みをかくすために照明を暗くする必要もないようだ。

アルネマル・レンクスにちがいない者が椅子にすわっている。椅子が置かれているのは、細い金属糸で編まれた台座の上だ。その正方形の台座は天井から太いザイルで吊るされており、ブランコのごとく左右に揺れている。ガルウォの指揮官は仰々しい技術機器にかこまれていた。これが鋼鉄のクモ、ランドリクスにいたときに話しかけてきた個体だろうとデュルクは思ったが、判別するのはむずかしい。クモ生物はいずれも濃いグレイの毛皮につつまれていて、みな同じに見える。

ホールでは、ゆらゆら揺れる台座の周囲にガルウォ数百名が集合していた。アルネマル・レンクスをふくめて、全員が捕虜の到着を待っていたのは明らかだ。レオ・デュルクとクリフトン・キャラモンがブランコのはしから十歩の距離まで歩かされたとたん、ホールじゅうがしずまりかえったのである。しばらくして、アルネマル・レンクスが鋭く通る声で話しはじめた。かれのまわりにある機器類のうち、いくつかは音声増幅装置ということ。それを使って指揮官の声をホールのすみずみにまでとどかせるのだろう。

ガルウォたちの頭上で揺れるむらさき色のアルマダ炎数百個と、天井の照明がまじりあい、ホールは独特の光に満たされていた。アルネマル・レンクスが語る。

「ここにガルウォ自由種族評議会を開催し、オルドバン殺害に関与した者たちの処遇を決定する。かれらの死刑に反対の者は、申しでよ！」

冷ややかな沈黙がホールにひろがる。

「では、決まったな。異人の侵入者二名を……」

「頭がおかしいのか！」クリフトン・キャラモンが声を発した。音声増幅装置のボリュームの前では思いきり叫ぶほかなかったはずだが、それはまるで静寂のなかでのひと声のごとく響きわたった。

これまでの沈黙にべつのニュアンスがくわわり、さらに場がしずまりかえる。アルネマル・レンクスはブランコの上でなかば身を浮かせた。場をわきまえずに自分の話をさえぎった不届き者はだれなのかと、六つの目で探している。

キャラモンが高々と腕をあげ、

「わたしの発言だ！」と、声を張りあげた。「もう一度くりかえす。正確な状況もことの関連も思慮しようとせず、そうした決定を本当にくだす気なら、きみは頭がおかしい」

「やつらをこの場で死刑にしろ！」ホールの群衆が大声でわめきちらす。

「それでいいのか……われわれを殺せば、きみたちの問題はすべて解決するというんだな！」レオ・デュルクはどなった。CCがどういうつもりなのか見当もつかないが、それでも精神的に支える必要があると感じたのだ。

アルネマル・レンクスは完全に立ちあがる。投光照明の数基が向けられ、毛皮が銀色の輝きを帯びた。

「静粛に！」増幅装置を通じて声をとどろかせる。「指揮官をそのように誹謗するとは、かれのほうが頭がおかしいか、あるいは語るべき重大事があるということ。そのいずれであるかは、すぐにわかる」

あらためて六つの目を提督に向け、

「さて、なにがいいたい、異人？」

「きみはわれわれをオルドバン殺害の罪に問うた」と、キャラモン。「方向的には正しい考えだが、事実からはややそれている。われわれふたりは単独で動いているわけではない。ローランドレの近傍まで到達した強力艦隊が背後についているのだ。知っているだろうが、われわれの技術はそちらを凌駕《りょうが》している。でなければ、ランドリクスを破壊することなどできないからな。オルドバンはこのわれわれが怒濤《どとう》のごとく近づくのを知り、そのせいで死にはしないまでも、一時的な硬直状態にあると推察される。われわれふたりが、なぜローランドレへ向かう任務を受けたと思うかね？」

「なぜだ？」アルネマル・レンクスは当惑している。

「オルドバンを救う方法を知るためだ」キャラモンは答えた。「無限アルマダは危険な状況にある。オルドバンがかつての機能をとりもどさないかぎり、状況は改善しない。そのために、われらがやってきたのだ！」

「死刑にしろ！」ふたたび群衆から声があがる。「そんなの、ただの言い逃れだ！」

「黙れ、マットサビン。いま重要な話を聞いているのだ」ガルウォの指揮官は部下をきびしくたしなめ、キャラモンのほうに向きなおってつづけた。「その申し立てをどうやって証明する？」

「しごくかんたんだ」提督は悪びれることなく、「わたしの言葉をまともに受けとらず、われわれふたりを殺せばいい。数日もしたらローランドレは崩壊するだろう」

憤慨のつぶやき声がホールに満ちる。介入するならいまだ、と、デュルクは思った。相いかわらず、CCがなにを考えているかはわからないが。

前進する。揺れるブランコのはしに触れるくらいまで近づくと、手を伸ばして台座をつかんだ。アルネマル・レンクスからは二メートルもはなれていない。

「だいじな話がある」と、切りだした。「数百名もの聴衆は必要ない。指揮官はあなただろう。あなたとごく内輪の側近とだけ話をしたいのだ」

アルネマル・レンクスは二秒ほどためらったが、こう声を張りあげた。

「全員、退出せよ！　指揮官の顧問のみ、ここにとどまれ」

＊

この奇蹟にはふたつの要素がさいわいしたといっていい。なんの説明もなくずっと沈黙しているオルドバンに対してガルウォたちが不安をいだいていることと、かれらが異人の技術のすごさを信じきっていることだ。そのおかげでレオ・デュルクとクリフトン・キャラモンは、巨大基地のどこかにある薄暗い穴蔵で処刑コマンドによって灰に変えられることなく、指揮官の顧問たちをまじえたアルネマル・レンクスとの対話にこぎつけられたのである。またも提督の天才的戦略が功を奏したわけだ。ガルウォがまだあきらめず、オルドバン沈黙の原因は銀河系船団にあると思っているのなら、思わせておけばいい！　それにより、もっと容易に理解させることができる……かれらがアルマダ中枢の消息を知りたければ、こんどは逆に銀河系船団が唯一の可能性なのだと。

トリックが成功し、第一ラウンドはこちらが先取した。これからの数分間、最小限の説得力と信頼性をしめすことができれば、あともうまくいくだろう。

「どうやってオルドバンを救うつもりなのか？」アルネマル・レンクスがたずねた。ついさっき、異人ふたりの処刑を決断しかけたことなど、まったく忘れてしまったかのようだ。

むずかしい質問だと、レオ・デュルクは思った。クリフトン・キャラモンはなんと答えるんだろう？

「それには情報が必要。ガルウォと同じくローランドレに住む種族から、情報を手に入れたい」提督の答えだ。「われわれはオルドバンについてほとんど知らないのだから。かれはどこにいる？　そこへはどうやったら行ける？」

これはまずいぞ。デュルクははらはらした。事情通でないと相手に思わせてはならないのに。

案の定、アルネマル・レンクスは疑うような態度を見せ、

「それほどなにも知らなければ、オルドバンを救うことなどできはしまい」と、コメン

トする。

指揮官の顧問のなかに、マットサビンと呼ばれていた者もいた。それが揺れる台座のほうへ一歩踏みだし、きびしい口調でいった。

「やはりこの者たちは嘘をついていますな。かれらがオルドバンを殺したのです。そしていまは、おのれの命を失うことを恐れている」

「その主張には意味がないと思うがね」と、デュルクは皮肉な調子で割って入った。

「われわれがそれを本当に恐れているなら、最初からふたりだけでなく全船団とともにやってきたさ」

「こちらに対して誠実ではないな」クリフトン・キャラモンがアルネマル・レンクスに迫った。マットサビンには目もくれない。

「誠実でないだと？　このわたしが？」相手が憤慨する。

「われわれの必要とする情報がどこで手に入るか、きみは知っている。道をしめすこともできるはずだ。しかも、可能なら護衛部隊までつけて」

「ほう、そうか！　わたしにそんなことができると！」ガルウォの指揮官はあざけるように応じた。「なんの話をしている、異人よ？」

「空《くう》をつかむような話だ」マットサビンは怒り心頭で、「ばかにするのもいいかげんにしろ！」

「わたしはヒールンクスのプラネタリウムについて話しているのだ」提督は冷静に答えた。

この言葉がもたらした効果は絶大だった。顧問たちは電撃を受けたようにあとずさる。アルネマル・レンクスは椅子から飛びあがった。おかげで台座がまた揺れる。ガルウォの指揮官は三角形の口を開けたり閉めたりするものの、聞きとれる声がそこから出てくるまでにしばらくかかった。

「いったい、どこで……どこで、ヒールンクスのプラネタリウムを知ったのだ？」と、ようやく言葉を発する。

レオ・デュルクは思った。わたしもそれを聞きたい。

「どこで知ったかはどうでもいい」クリフトン・キャラモンが冷たく応じる。「われわれのもとめる情報はすべて、ガルウォの洞穴と呼ばれる谷の奥底に存在するプラネタリウムにあるはずだ。そこへの行き方は、きみたちならわかるだろう。提案だが、腕のたしかな戦士を二十名から三十名集めて一個隊をつくり、われわれをヒールンクスのもとへ案内してもらいたい。こちらの成果しだいでローランドレの運命が決まることを忘れるな」

＊

それから三時間がたち、状況は一変した。レオ・デュルクとクリフトン・キャラモンには贅をつくした宿舎があてがわれる。これにくらべたら、最初に連れていかれたのは穴蔵だ。アルネマル・レンクスがこちらを客としてあつかっているということ。テラナーふたりに対するかれの敬意はとどまるところを知らず、豪華な食事も提供された。しかし、キャラモンはこれを丁重に断り、まずは数時間の睡眠が必要だと強調。これはアルネマル・レンクスにとっても好都合だったようだ。その時間を使ってヒールンクスのプラネタリウムに遠征するための準備ができるから。遠征隊には指揮官みずから参加するつもりらしい。

これらすべてが、提督のたったひとつのブラッフの成果なのだ！　レオ・デュルクには訊きたいことが山ほどあった。だが、キャラモンは熟睡している。好奇心を満たすのはすこし待つしかない。

みずからの成果にも、デュルクはすくなからず満足していた。二時間をこえる対話のなかで、ずっと気にかかっていたことがらを話題にあげることができたのだ。ネット賤民たちの同情すべき状況について言及し、いまは処罰に出るよりも宥和をこころみるべきだと説いた。これはアルネマル・レンクスにとり、自身のメンタリティと相いいれないやり方なので、当惑したようだ。だが、すでに異人ふたりへの尊敬の念が優位を占めていたためか、ほどなく了承した。デュルクの願いかなって頽廃の民とネット賤民の和解が成立しようとしている。

さらに二時間たち、クリフトン・キャラモンが身じろぎした。目を開けるか開けないかというところで、デュルクは提督に襲いかかるようにして、

「早く話してくださいよ！」と、迫る。「とにかく、この出動のリーダーはわたしなんですからね。説明してもらわないと筋が通らない。いったいぜんたい、なんなんですか、ヒールンクスのプラネタリウムって？」

キャラモンは驚いたように兵器主任を見て、

「そんなこと、なんでわたしにわかるはずがある？」と、訊き返した。

「しかし、あなたはその……その……」

提督はおもしろくもなさそうに笑い、

「前の宿舎でわたしが人工知能インターカムを分解し、メモリー・バンクに情報がないか探していたのを見ただろう。おぼえているか？　ほとんど記憶にないだろうな。なにしろ決定的瞬間に、きみは情けなく床に寝ころんで高いびきだったのだから。ヒールンクスのプラネタリウムについてわたしが知るのは、アルネマル・レンクスの前でいったことがすべてだ。たしかにすこしばかり脚色したが、状況上やむをえなかった。というわけで、友よ。申しわけないが、ヒールンクスのプラネタリウムがなんなのか知りたければ、どこかよそで訊いてくれ」

「じゃ、あなたは……ただたんに……うわああ！」レオ・デュルクは両手で頭をかかえ、まったく絶望的というしぐさをした。「なんてこった。あやうく失敗するかもしれなかったわけですね！」

「そうだったかもしれんが」クリフトン・キャラモンがにやりとする。「成功したじゃないか」

あとがきにかえて

星谷　馨

アラスカ・シェーデレーアが旅立った。

以前、五五四巻『致死線の彼方』後半「エネルギー圃場の危機」を翻訳したとき、長年アラスカを悩ませてきたカピンの断片が冒頭でいきなり消えて、かなり衝撃を受けたわたし。とはいえ、なんだか手放しでよろこべないような、不吉な予感がしたのをおぼえている。案の定、ここにきてより深刻な事態となってしまった。悪夢にさいなまれ、狂気の淵に立たされるアラスカ。だけど、最後は〝あらたな旧友〟とふたり、新天地でつかの間の安寧と幸福を得ることになったのだ……と、信じたい。

『ローダン・ハンドブック2』の人物紹介には、かれについてこう書いてある。

「その特異な能力はリバルド・コレッロをも撃退するほど。マスクは眉の上から唇の下までをおおうが、カピンの断片が活性化すると、隙間から虹色の放射が漏れる。（中略）

ある意味でシェーデレーアほど数奇な運命をたどるテラナーはほかにいない。三四三四年、コレッロと最初に対決した惑星ジェヴォニアではじめて出会った謎の少女キトマ、サイノスのイマーゴＩシュミット、七強者のひとりカリブソと、その人生にはつねに超越的な存在がつきまとう」

この巻でペアを組むカルフェシュもそうだが、アラスカに近づいてくるのはある意味アウトサイダーで、特殊な力を持つ者ばかりだ。かれらはみな、ほかのだれも引き受けられない役目をひとりで背負っている。孤独な一匹狼なのである。だから、同じような影を持つアラスカにつきまとうんではなかろうか。

かれをひと言で表現するなら、孤高のテラナーだ。その印象は第一にもちろん、顔をかくす不気味なマスクが醸し出すものだが、人間嫌いで愛想がないうえ理屈っぽいところも他者を寄せつけない一因だろう。もともとは屈指の論理学者として知られ、「ひとつの思考連鎖をしまいまでたどる速度にかけてはかれを凌ぐ者はいない」と言われてたのだ。

アラスカ・シェーデレーアは二〇二巻『宙賊レディ』の後半ではじめてペリー・ローダン・シリーズに登場した。そこではすでに、四年前の転送機事故で肉体の細胞構造に原子段階で組み替えが生じてしまったと書かれている。なにが起きたか本人にもよくわからないものの、ひと目その顔を見た者は発狂して死んでしまうため、人前に出るときだ。はマスクが欠かせない、とも。つまり、かれは初登場のときからマスクの男だったのだ。ちなみに、マスクの男という呼び方を最初にしたのは宙賊の女首領ティーパ・リオルダンらしい。

この五九五巻前半のドイツ語原文のタイトルはずばり、「アラスカ・シェーデレーア」である。千二百話近くにおよぶこれまでの原文タイトルすべてを把握しているわけではないけれど、一テラナーの固有名がタイトルに使われているお話はなかったように思う。これは、それだけかれがローダン・シリーズのなかで特別な地位を占めていることのあらわれかもしれない。

ドイツ本国では、ローダン・シリーズ登場人物の人生をべつの視点からくわしく紹介した『宇宙年代記（Kosmos-Chroniken）』という〝別冊シリーズ〟があるらしい。二〇〇〇年から不定期に刊行されているようだが、そこでもレジナルド・ブルの巻（二〇〇〇年）につづいて上梓されたのは、アラスカ・シェーデレーアの巻（二〇〇二年）だ。また、ペリーペディアに「ギャラリー（Galerien）」という、表紙や口絵の抜粋コーナーがあるのだが、そのなかでもアラスカのイラストはローダンやアトランに次いで数多く掲載されている。ブリーやグッキーより多い。ロワ・ダントンとかジュリアン・ティフラーとかガルブレイス・デイトンとか、ほかに端整なイケメンの重要人物はいっぱいいるのに、なぜこの男がこれほどまでにＶＩＰ待遇を受けるのだろうか。

それはやっぱり、かれが孤高のテラナーということに尽きるのだと思う。人間ならだれしも心に持っている根源的な孤独。それを体現しているからこそ、アラスカ・シェーデレーアは特別な存在なのだろう。読者は（あるいは著者も）みな、アラスカの言動に自分の姿を投影し、それによっておのれの孤独の一部を知るのかもしれない。

さいわいペリーペディアによると、アラスカの歴史はここで終わらないようだ。再登場の時を楽しみに待つとしよう。それまでは、さらばマスクの男。よき理解者キトマの住むパラダイスでしばしのんびり過ごせますように。

ところで、今回はアラスカについてあれこれ調べたため、いつも以上にペリーペディア（以下ペリペ）のお世話になった。そんなある日のこと。

いつものようにペリペを開こうとすると、なぜかアクセスできない。エラーメッセージが出るばかりだが、ほかのサイトは問題なく見られるので、パソコンやネットワーク環境のトラブルではなさそうだ。ブラウザを変更してみたりタブレットやスマホ経由で接続してみたり、考えられる限りのことをためしたものの、やはり結果は同じ。ただ不思議なことに、早川書房の編集部ではいつもどおり閲覧できているらしい。

あれこれ調べたところ、どうもわたしの使っているプロバイダに原因があるようだ。そこで、プロバイダのカスタマーサービスに相談してみる。すると、先方でもペリペにだけ接続できないことが判明した。神田の会社では問題なく見られてるんですけど、と言い張ると、担当者は電話の向こうで「その会社は特別なサーバーを使っているから閲覧できるんでしょう」とか、「サイトを作ったドイツの側に問題があるとしか考えられない（つまり、わが社のせいではない）」とか、好き勝手なことを言う。どうしよう、このままペリペが使えなくなったら死活問題だ……目の前が暗くなる。いや、大げさでもなんでもなく。

で、結論を言うと、数日たって嘘のように解決してしまった。カスタマーサービスの担当者からも「なぜか自然に直りました」と連絡があり、一件落着。だけど原因は結局わからなかったという。納得いかない。

その後、偶然に〝水星逆行〟のことを知った。なんでも占星術の世界では有名な話だそうで、水星と地球の公転周期が異なるために逆行するように見える現象らしい。水星はコミュニケーションをつかさどる天体なので、年に数回ある逆行時には情報や通信の乱れが生じやすいんだとか。そしてなんと、このペリペ騒ぎは二〇一九年最初の水星逆行の時期に起きていたのだ。偶然かもしれないけど。でも、とりあえず納得した。

ちなみに、くだんの担当者が言うには、この騒ぎに関して〝複数の〟問い合わせがあったそうです。特定のサイトだけが見られなくなったというトラブルが過去になかったため、先方でも話題になったらしい。おそらく熱心なローダン・ファンからの問い合わせではないかと思うと、ひそかにおもしろかった。

最後にひとつ、カバー画に描かれたキトマの衣装についてお断りしておきたいことがある。本書では随所に白い衣装で登場するのだが、二八八巻『聖なる隕石の都市』のカバー画と口絵では、キトマは青い服を身につけていた。そこで装画家の工藤稜氏と早川書房編集部としては、以前に装画を担当されていた依光隆氏に敬意を表し、本文の描写とは異なるものの、今回もキトマの服をブルーにすると決定した次第です。ご理解をお願いいたします。

世界の誕生日

The Birthday of the World and Other Stories

アーシュラ・K・ル・グィン
小尾芙佐訳

〈ネビュラ賞／ローカス賞受賞〉傑作『闇の左手』と同じ惑星ゲセンの若者の成長を描く「愛がケメルを迎えしとき」をふくむ〈ハイニッシュ〉ものの六篇をはじめ、毎年の神の踊りが太陽の運行を左右する世界の王女を描く表題作と、世代宇宙船ＳＦの「失われた楽園」、全八篇を収録する傑作短篇集。解説／高橋良平

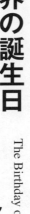

死の鳥

The Deathbird and Other Stories

ハーラン・エリスン

伊藤典夫訳

二十五万年の眠りののち、病み衰えた〈地球〉によみがえったネイサン・スタックの数奇な運命を描き、ヒューゴー賞／ローカス賞に輝いた表題作「死の鳥」をはじめ、ヒューゴー賞受賞の「おれには口がない、それでもおれは叫ぶ」など傑作SF八篇に、エドガー賞受賞作二篇をくわえた全十篇を収録。解説／高橋良平

ハヤカワ文庫

ヒトラーの描いた薔薇

Hitler Painted Roses and Other Stories

ハーラン・エリスン

伊藤典夫・他訳

無数の凶兆が世界に顕現し、地獄の扉が開いた。切り裂きジャックを筆頭に希代の殺人者が脱走を始めたとき、ただ一人アドルフ・ヒトラーは……表題作「ヒトラーの描いた薔薇」をはじめ、初期作品から本邦初訳のローカス賞受賞作「睡眠時の夢の効用」まで、米国ＳＦ界のレジエンドが放つ全十三篇。解説／大野万紀

ハヤカワ文庫

訳者略歴　東京外国語大学外国語学部ドイツ語学科卒，文筆家　訳書『宝石都市の廃墟』ツィーグラー&エーヴェルス,『バベル・シンドローム』エーヴェルス&ヴルチェク（以上早川書房刊）他多数

HM=Hayakawa Mystery
SF=Science Fiction
JA=Japanese Author
NV=Novel
NF=Nonfiction
FT=Fantasy

宇宙英雄ローダン・シリーズ〈595〉

さらばマスクの男《おとこ》

〈SF2233〉

二〇一九年六月　二十日　印刷
二〇一九年六月二十五日　発行

（定価はカバーに表示してあります）

著者　マリアンネ・シドウ　クルト・マール
訳者　星《ほし》谷《や》馨《かおり》
発行者　早川　浩
発行所　株式会社　早川書房

郵便番号　一〇一 - 〇〇四六
東京都千代田区神田多町二ノ二
電話　〇三 - 三二五二 - 三一一一（大代表）
振替　〇〇一六〇 - 三 - 四七七九九
http://www.hayakawa-online.co.jp

乱丁・落丁本は小社制作部宛お送り下さい。
送料小社負担にてお取りかえいたします。

印刷・信毎書籍印刷株式会社　製本・株式会社川島製本所
Printed and bound in Japan
ISBN978-4-15-012233-1 C0197